Freier Fall

Edith Schreiber-Wicke

Thienemann

Für Shanti und Claude

Ich möchte einigen Freunden für Inspiration
und fachliche Beratung danken.
Roberto Barina und Piero Salmaso.
Sovrintendente Arturo Francolino von der
venezianischen *Polizia*.
Grazie infinite.

1

Sandras Stimme aus der Küche. Dann eine andere Stimme. Weiblich, so viel ist eindeutig zu hören. Und gehetzt, als hätte da jemand Angst, vorzeitig unterbrochen zu werden. Roberto steht an der Tür, er hält die Wohnungsschlüssel in der Hand und zögert. Dann schließt er die Tür leise und geht ins Badezimmer. Erst braucht er eine Dusche, ein kleines bisschen Zeit für sich selbst, dann kann er vielleicht einigermaßen freundlich die Inhaberin der gehetzten Stimme begrüßen. Sie möglicherweise fragen, warum sie sich nicht Zeit nimmt für das, was sie zu sagen hat. Aber nicht jetzt. Nicht gleich. Zunächst einmal braucht er Ruhe.

Noch weiß er nicht, dass er sich wünschen wird, er hätte sich in diesem Augenblick anders entschieden.

Der volle Wasserstrahl aus der Dusche trifft ihn unvorbereitet. Richtig, es ist Sandra vor wenigen Tagen gelungen, einen Installateur auf die Giudecca, diesen etwas entlegenen Stadtteil Venedigs, zu locken. Vorbei die Zeiten der spärlichen Tropfen. Roberto dreht sich genussvoll, schließlich soll auch die Peripherie seines nicht unbeträchtlichen Körperkosmos in den

Genuss des wiedererlangten Wasserdrucks kommen. Vielleicht kann auch gleich dieses Bild weggeschwemmt werden, das ihn so hartnäckig verfolgt.

Ich hab doch schon Schlimmeres gesehen, denkt er. Viel Schlimmeres.

Er schließt die Augen und lässt das heiß prickelnde Wasser über seinen Kopf rinnen. Das Bild bleibt, wird hinter geschlossenen Lidern sogar noch schärfer.

Ein durchsichtig blasses Gesicht, blonde Haare wie ein Fächer auf bräunlichem Gras, der schmale Körper unnatürlich verdreht. »Sie lebt«, sagt der Notarzt mit ungläubigem Kopfschütteln und schaut zu dem offenen Fenster im dritten Stock hinauf. Roberto hätte den Notarzt gerne gefragt, was er von den Verletzungen an den Unterarmen des Mädchens hält. Sie stammen nicht von dem Sturz, so viel kann Roberto auch als medizinischer Laie erkennen. Manche sind alt und nur noch als dunkle Striche auf der Haut sichtbar, andere sind fast verheilt. Aber der Notarzt hat jetzt anderes zu tun. Routiniert wird der Körper auf die Bahre gelegt. Das *Pronto-Soccorso*-Boot wartet in der Nähe im San-Trovaso-Kanal.

Dieses Gesicht ... Was ist es nur, das ihn nicht loslässt? Roberto schüttelt heftig den Kopf, als könnte die Zentrifugalkraft erreichen, was das Wasser nicht konnte.

Der dunkelblaue Trainingsanzug liegt auf der Wäschetruhe. Roberto liebt Trainingsanzüge. Es gibt kein toleranteres Kleidungsstück. Überall dehnbar. Keine mahnende Enge. Und überhaupt macht Dunkelblau schlank.

Die Tür zum Badezimmer öffnet sich. »Du?«, fragt Sandra.

»Wer sonst sollte am Nachmittag bei dir duschen?«, fragt Roberto zurück. Es war humorvoll gemeint, aber es klingt nicht so. Manche Bilder dulden keine Fröhlichkeit neben sich.

»Schade«, sagt Sandra. »Du hast Chiara verpasst. Sie ist eben gegangen.«

»Ach – Chiara war das ...« Roberto wundert sich, dass er die Stimme seiner einzigen und daher Lieblingsnichte nicht erkannt hat. »Irgendwas nicht in Ordnung?«, fragt er. »Sie klang so – so anders.«

»Nur die Aufregung«, lächelt Sandra. »Sie fährt morgen nach Santa Fe in New Mexico.«

»New Mexico?«, wiederholt Roberto staunend. »Seit wann hat mein ständig bankrotter Bruder Geld für Ferienreisen seiner Tochter?«

»Hat er nicht«, sagt Sandra. »Den größten Teil bezahlt die Schule. So eine Art Projektstipendium. Es geht um Indianerreservate. Ein paar andere aus ihrer Schule fliegen auch. Sie freut sich schon wie verrückt.«

»Freut sich darauf, ins Land der Bushmänner zu fliegen?«, knurrt Roberto. »Ein Land, das diesen Präsidenten gewählt hat, sollte man boykottieren.«

»Ziemlich genau die Hälfte der Leute hat nicht Bush gewählt«, sagt Sandra. »Und Chiara interessiert sich nicht besonders für Politik.«

»Sollte sie aber.« Roberto schüttelt sich. »Hast du gestern *Telegiornale* gesehen? Irgendwo in Amerika haben sie ein fünfjähriges Kind in Handschellen aus dem Kindergarten abgeführt. Es war aufsässig. *Dio mio* – eine Fünfjährige in Handschellen!«

Sandra gibt das erwartete *Incredibile* von sich, aber Roberto kommt erst so richtig in Fahrt.

»Und dann – diese Fliegerei! Endlose so genannte Sicherheitschecks. Zehn Stunden in einer Konservenbüchse … Wenn nicht überhaupt ein Terrorist den Flugplan in Richtung Paradies abändert.«

Sandra nickt. »*Sìsì, amore*. Ich kenne deine Einstellung zu Flugreisen. Aber für Chiara ist das eine großartige Chance. Sie will schließlich nach der *maturità* Völkerkunde studieren. Übrigens hat sie dir einen Kriminalroman mitgebracht, der in New Mexico spielt.«

Roberto schüttelt den Kopf. »Wieso denken eigentlich immer alle, dass ich Krimis mag?«

»Kann es mit deinem Beruf zu tun haben?«, fragt Sandra.

»Eben«, sagt Roberto. »Privat kommen mir keine Toten ins Haus.«

»Das sagst du, aber du meinst es nicht. Man sollte zu seinen Schwächen stehen. Auch zu den literarischen.«

Roberto betrachtet skeptisch den knallbunten Umschlag des Buches. Tony Hillerman. *The Ghostway*. Na mal sehen.

»Chiara sagt, sie ist sicher, dass er dir gefallen wird. Der Autor war früher selbst Polizist. Angeblich sehr authentisch, was er schreibt. Man braucht gar nicht mehr nach New Mexico zu fahren.«

»Hatte ich sowieso nicht vor«, brummt Roberto.

»Es ist trotzdem nett von Chiara«, beharrt Sandra.

»Aber komm jetzt und erzähl mal, warum du so früh schon zu Hause bist.«

Sie gehen hintereinander durch den schmalen Gang vom Badezimmer in die Küche.

»Ich hatte drüben beim *Liceo Marco Polo* zu tun«, sagt Roberto knapp. »Und dann war mir nicht mehr danach, ins Büro zu gehen.«

Sandra erwidert nichts. Fragt auch nicht weiter. Sie stellt die kleine Kaffeekanne aus Aluminium auf die Gasflamme und zwei dickwandige Tassen auf den Tisch. Roberto starrt auf das gemusterte Tischtuch. Die stilisierten Blumen verschwinden. Er sieht ein blasses Gesicht und Haare, die wie ein heller Fächer auf vertrocknetem Braun ausgebreitet sind. Es ist so unglaublich jung, dieses Gesicht. Und so wehrlos.

Der Kaffee in der kleinen Tasse dampft und duftet. Ein Tupfer geschäumter Milch schwebt auf der Schwärze. Roberto lässt Zucker vom Löffel rieseln.

Dann erzählt er.

Der aufgeregte Anruf eines gewissen Salvatore Gasparini bei der Questura. Ein Bauarbeiter, der bei Renovierungsarbeiten an der Schule beschäftigt ist. Der Diensthabende am Telefon hat den Notarzt und Roberto verständigt.

»Warum dich?«, fragt Sandra. »War es denn kein Selbstmordversuch?«

»Im Augenblick können wir Fremdverschulden nicht ausschließen«, sagt Roberto.

»Es sind Ferien«, sagt Sandra nachdenklich. »Was hatte dieses Mädchen da in der Schule zu tun?«

Roberto zuckt mit den Schultern. »Keine Ahnung.

Ich hab auch schon darüber nachgedacht. Venedig hat doch für Selbstmörder ein reichhaltiges Angebot an Türmen. Warum also die Schule?«

»Vielleicht ist sie hingegangen, um jemanden dort zu treffen?«, überlegt Sandra laut.

»Die beiden Bauarbeiter haben niemanden bemerkt. Einer hat zufällig aus dem Fenster geschaut und sie da liegen gesehen.«

»Warst du dort – an dem Fenster im dritten Stock?«, fragt Sandra. »Kein Brief ... oder sonst was? Ihre Handtasche?«

In Gedanken hastet Roberto wieder die drei Stockwerke hoch. Er nimmt immer zwei Stufen auf einmal, als könne er noch verhindern, was schon geschehen ist. Er atmet schwer, als er oben ankommt. Alle Klassentüren sind geschlossen. Alle – bis auf eine. Durch den handbreiten Spalt fällt Licht auf den Steinboden. Von den drei Fenstern in dem Raum steht das mittlere weit offen. Roberto beugt sich hinaus. Die Bahre mit dem Mädchen ist schon weggebracht worden. Der magere Körper hat nicht einmal einen Abdruck in dem halb verdorrten Gras hinterlassen. Nur die beiden Bauarbeiter stehen noch da und diskutieren. Einer schüttelt den Kopf, wirft verärgert einen Zigarettenstummel auf den Boden und tritt die Glut sorgfältig mit dem Absatz aus. Wieder schüttelt er entschieden den Kopf. Worüber diskutieren die beiden? Was ärgert den mit der Zigarette? Was will der andere von ihm?

»Da war nichts«, sagt Roberto. »Kein Abschiedsbrief. Nichts.«

»Weiß man denn schon, wer sie ist?«, fragt Sandra.

Roberto schüttelt den Kopf. »Zunächst ging es nur darum, sie so schnell wie möglich ärztlich zu versorgen.« Roberto wirft einen Blick zur Küchenuhr. »Pieros Schicht beginnt um fünf. Er wird sich um alles Weitere kümmern. Vielleicht hatte sie ja einen Ausweis dabei.«

»Die armen Eltern«, sagt Sandra.

Ja – die armen Eltern. Roberto denkt an den Augenblick, als die Ärzte ihnen mitteilten, dass Samuele, ihr einziger Sohn, für immer behindert sein würde. »Sollte Samuele nicht schon zurück sein?«, fragt er.

Sandra legt eine Hand auf seinen Arm. »Er macht um sechs Schluss. Keine Minute früher.«

Roberto nickt. Noch immer hat er sich nicht daran gewöhnt, dass sein Sohn trotz seiner Behinderung in einer Bar an der Kaffeemaschine arbeitet. Ein paar Minuten zu wenig Sauerstoff entscheiden über ein ganzes Leben, denkt er. Und eine Sekunde an einem offenen Fenster im dritten Stock. Er sieht die schmale Gestalt vor sich, wie sie auf dem Fenstersims kauert. Ist sie allein? Oder ist da jemand im Halbdunkel hinter ihr?

Was ist los mit mir?, denkt Roberto. Ich bin kein Medium, sondern Polizist. Und all diese Überlegungen haben Zeit bis morgen. Den heutigen Abend werde ich mit meiner Frau und meinem Sohn verbringen. *E basta!*

2

Kurz nach acht ist Roberto unterwegs zum Krankenhaus.

Immerhin – ich bin satt, denkt er. Wir können doch ausnahmsweise schon um sieben essen, hatte Sandra vorgeschlagen. Ganz so, als hätte sie gewusst, dass nichts aus dem gemütlichen Familienabend werden würde. Wahrscheinlich hat sie es gewusst, denkt Roberto. Sandra weiß solche Sachen. Der Anruf kam gerade, als Sandra die *fragole al limone* auf den Tisch stellte.

Es war Piero und er klang ungewohnt atemlos. »*Scusa*«, sagte er. »Ich muss dich leider stören.«

Roberto kann seinen gemütlichen schnauzbärtigen Kollegen gut leiden. Er ist zwar etwas umständlich, dafür aber auch nie aus der Ruhe zu bringen. »Stör nur«, meinte er friedfertig. »Die Erdbeeren können ruhig noch ein bisschen reifer werden.«

»Hier ist die Hölle los«, sagte Piero. »Eine Prügelei mit zwei Verletzten, direkt vor der Questura.«

»Das können doch die *carabinieri* übernehmen«, sagte Roberto.

»Es *sind* zwei *carabinieri,* die sich geprügelt haben«,

seufzte Piero. »Der eine hat mit der Frau des anderen ...«

»Erspar mir die Einzelheiten«, unterbrach ihn Roberto. »Was kann ich ...«

»Lass mich fertig erzählen«, sagte Piero. »Das ist noch nicht alles. Die beiden *carabinieri* haben nämlich einen Gondoliere, der dazwischengehen wollte, in den Kanal geworfen.«

Roberto lachte kurz auf. »Ich seh noch immer nicht, was ...«

»Nicht genug damit«, setzte Piero unbeirrt fort, »wollte sich der Gondoliere an dem Kunden festhalten, mit dem er gerade verhandelt hat. Ein Japaner. Der ist mit ihm in den Rio San Severo gefallen.«

Roberto war allmählich interessiert an der Geschichte. Sie bekam Unterhaltungswert. »Noch was?«, fragte er.

»Ja, noch was«, sagte Piero. »Der Japaner hatte eine Filmkamera in der Hand, die offenbar ein kleines Vermögen wert ist. Er verlangt nach einem Anwalt und will alle verklagen. Den Gondoliere, die *carabinieri,* mich, die Stadt ...«

»Feuerwehrtaucher«, sagte Roberto knapp. »Damit er wenigstens seine Kamera wiederkriegt.«

»Hab ich schon bestellt«, antwortete Piero. »Aber da ist noch was ...«

»Lass mich raten«, sagte Roberto. »Mit den Feuerwehrtauchern gibt es ein Problem. Sie sind alle nicht zu erreichen, weil ...«

»Nein«, widersprach Piero. »Mit den Feuerwehrtauchern ist gar nichts. Die sind unterwegs hierher.

Aber da war ein Anruf aus dem Krankenhaus. Du weißt, das Mädchen von heute Nachmittag ...«

Und ob ich weiß, dachte Roberto. Das Bild war wieder mit aller Deutlichkeit da. »Sie ist gestorben?«, fragte er ahnungsvoll.

»Warum lässt du mich eigentlich nie ausreden?«, beschwerte sich Piero. »Sie ist nicht gestorben. Nur – wir wissen mittlerweile, wer sie ist. Und da dachte ich, ich kümmere mich besser selbst um die Sache. Ich kann aber jetzt unmöglich weg, weil doch ...«

»Wie heißt denn das Mädchen?«, fragte Roberto.

»Caterina Loredan«, antwortete Piero.

»Oh«, sagte Roberto. »Die Tochter von ...«

»Genau«, sagte Piero. »Von Conte Marcello Loredan.«

Und darum ist Roberto jetzt unterwegs zum Krankenhaus. Wenn die Tochter eines der mächtigsten Männer von Venedig unter ungeklärten Umständen aus dem dritten Stock fällt, dann verschiebt man die Ermittlungen nicht auf den nächsten Tag. Dann lässt man die Erdbeeren mit Zucker und Zitronensaft stehen und nimmt das nächste Boot.

Roberto steigt bei San Zaccharia aus dem *vaporetto*. Sein Weg führt an der Questura vorbei, wo soeben das Boot der Feuerwehr anlegt. Von irgendwo hört er aufgeregte Stimmen. Armer Piero, denkt er. Aber eigentlich bin auch ich nicht zu beneiden. Rasch biegt er in den Durchgang, der zum Campo San Giovanni e Paolo führt, geht an der Colleonistatue vorbei zum Eingang des Krankenhauses. Einen Augenblick bleibt er auf den Stufen stehen und dreht sich um. Es ist ein wunderschöner Platz, speziell zu dieser Tageszeit. Orangerosa Wolken ziehen über einen türkisblauen Abendhimmel. Roberto seufzt, wendet sich ab und betritt die düstere Eingangshalle des Krankenhauses. Der Nachtpförtner kennt ihn. »Ah – Commissario! Sie wollen zu Dottor Rigutto?«, fragt er und meint den Pathologen.

Großartig, denkt Roberto. Ich tauch irgendwo auf und man denkt an Leichenhalle. Roberto schüttelt den Kopf. »Die junge Loredan, die heute Nachmittag eingeliefert wurde – wo liegt sie?«

Der Pförtner wendet sich einer Liste zu, sucht mit dem Finger nach der richtigen Zeile. »Caterina Loredan. Dritter Stock. Intensivstation.« Und als wäre er von der Nüchternheit dieser Angaben irritiert, fügt er nach einer kleinen Pause hinzu: »*Poveretta*. So ein hübsches Mädchen.«

Warum haben wir eigentlich mit schönen Menschen mehr Mitleid?, denkt Roberto.

Vor der Tür mit der Aufschrift *Terapia intensiva* steht ein Mann, den Roberto von Fotos im *Gazzettino* kennt. Ein markantes, trotz der ergrauten Haare jugendlich wirkendes Gesicht. Seltsam schwere Lider geben ihm allerdings etwas Düsteres, Dramatisches. Als das Opernhaus brannte, war er einer der Ersten an Ort und Stelle, der versprach, sich für den originalgetreuen Wiederaufbau von *La Fenice* einzusetzen. Die Familie des Conte gilt als enorm einflussreich.

Der Graf ist groß und sehr schlank. Sein Leinenanzug hat genau die richtige, noble Art zu knittern. Roberto hat den Verdacht, dass sein eigenes Sakko über dem Bauch spannt. Dass es zwar auch knittert, aber auf eine ganz falsche Art. Schon wieder jemand, neben dem er sich unelegant und schwerfällig fühlt.

Er geht auf den Grafen zu und streckt ihm die Hand entgegen. »Commissario Roberto Gorin von der Questura«, sagt er.

Conte Loredan zögert einen Augenblick, als wäre er nicht sicher, ob Robertos Dienstrang eine persönliche Bekanntschaft rechtfertigt. Er nimmt aber dann doch die dargebotene Hand.

»Hat jemand gesehen, wie es – passiert ist?«, fragt der Conte.

Roberto schüttelt den Kopf. »Es gibt keine Zeugen. Keine Spuren im Klassenzimmer oder am Fensterbrett. Nichts. Niemand hat sie beim Betreten der Schule gesehen. Niemand hat beobachtet, wann sie in das Schulgebäude kam. Und niemand hat gesehen –«, er zögert, »wie sie fiel.«

Eine kaum merkbare Reaktion im Gesicht des Grafen. Erleichterung – oder was war das? »Weiß man schon Näheres über die Verletzungen?«, fragt Roberto.

»Sie wird überleben, hat man mir versichert. Mehrere Knochenbrüche, die wieder heilen. Allerdings – auch ein Rückenwirbel ist gebrochen ...« Die Stimme Loredans klingt erstaunlich ruhig.

Roberto schweigt. Es fällt ihm nichts ein, was man darauf sagen könnte. Er überlegt, wo wohl die Mutter des Mädchens sein könnte, aber er wagt nicht, nach ihr zu fragen. Ist die Contessa nicht vor einigen Jahren gestorben? Da ist so eine vage Erinnerung an irgendetwas furchtbar Tragisches …

»Erzählen Sie mir von Ihrer Tochter«, sagt Roberto. »War sie deprimiert? Hatte sie Probleme? Irgendwas mit der Schule?«

Der Graf schüttelt den Kopf. »Wenn Sie damit meinen, ob sie sich umbringen wollte: Niemals! Sie ist streng katholisch erzogen.«

Man kann katholisch sein und trotzdem verzweifelt, denkt Roberto. Diese Narben an den Unterarmen …

»Nie hätte sie uns das angetan«, fügt der Graf hinzu. »Und Probleme in der Schule gab es nicht. Sie ist eine ausgezeichnete Schülerin.«

Nie hätte sie uns das angetan … Roberto registriert sehr deutlich das »uns«. Wen meint der Conte damit? Die gesamte Familie Loredan? Sich selbst im Majestätsplural? Oder doch die Mutter des Mädchens?

»Ihre Frau – die Contessa …?« Roberto lässt die Frage unvollendet.

Conte Loredan wirft ihm einen Blick zu, wie er in früheren Zeiten wahrscheinlich für geistig minderbemittelte Leibeigene bestimmt war. »Caterinas Mutter ist vor fünf Jahren tödlich verunglückt«, sagt er knapp.

Natürlich, denkt Roberto, wie konnte ich das nur vergessen! Ein Badeunfall, über den damals in Venedig viel geredet wurde. Es war auf einer Kreuzfahrt in Griechenland. Die Contessa sprang von einer Yacht, die Freunden gehörte, ins Meer und tauchte nicht mehr auf. Tage später wurde ihr Körper an der Küste angeschwemmt.

»Da war Caterina elf.« Roberto spricht mehr zu sich selbst als zu seinem Gegenüber. »Es ist sehr schwer, in diesem Alter die Mutter zu verlieren.«

»Es ist fünf Jahre her. Sie verschwenden Ihre Zeit, wenn Sie partout Gründe für einen Selbstmordversuch finden wollen«, sagt der Conte ungeduldig. »Es muss ein Unfall gewesen sein.«

»Können Sie sich vorstellen, was sie in der Schule wollte?«, fragt Roberto. »Seit einer Woche sind Ferien.«

In diesem Augenblick öffnet sich die Tür zur Intensivstation und ein bärtiger Arzt in Grün wird sichtbar. Einer der Chirurgen.

Mit zwei Schritten ist der Conte bei ihm. »Ich verlange, meine Tochter zu sehen«, sagt er.

Der Arzt setzt zu einer Entgegnung an, erkennt dann offensichtlich den Conte und überlegt es sich anders. Er deutet sogar eine kleine Verbeugung an. »Fünf Minuten«, sagt er. Und mit einem Blick auf Roberto fügt er hinzu: »Aber nur der Vater, niemand sonst.«

Roberto wartet, bis Conte Loredan die Tür hinter sich zugezogen hat, dann zeigt er dem Arzt seinen Dienstausweis.

»Was hat die Polizei damit zu tun?«, fragt der Arzt. »Was wir hier brauchen, ist ein Psychiater. Das Mädchen hatte ganz eindeutig *anorexia nervosa* – das heißt, sie war magersüchtig«, fügt er schnell hinzu.

Roberto nickt nur.

»Und sie hat sich selbst Verletzungen zugefügt«, sagt der Arzt. »Schon seit einiger Zeit. Schnitte an den Unterarmen. Also liegt die Vermutung nahe, dass es sich um eine schwere Form von Depression handelt. Dieser Selbstmordversuch ist nur die logische Konsequenz.«

»Der Vater bezweifelt das«, sagt Roberto.

»Der Vater hätte seine Tochter rechtzeitig behandeln lassen sollen«, antwortet der Arzt. »Außerdem wollen Eltern ihr Versagen nie wahrhaben.« Der Ärger in seiner Stimme steht im seltsamen Gegensatz zu der vorhin gezeigten Höflichkeit dem Conte gegenüber.

Aber so sind wir nun mal, wir Venezianer, denkt Roberto, ein *nome nobile* macht uns immer etwas unterwürfig. Ein Polizist steht in der Hierarchie ausreichend weit unten.

»Wann können wir mit ihr sprechen?«, fragt Roberto. »Es geht darum, Fremdverschulden auszuschließen.«

»Das kann Tage dauern«, sagt der Arzt. »Im Augenblick steht sie unter dem Einfluss starker Medikamente.«

»Und die Prognose?«

»Der dritte Lendenwirbel ist gebrochen.« Der Arzt schüttelt den Kopf auf eine Art, die Mutlosigkeit ausdrückt. »Das bedeutet Querschnittlähmung. Die ersten Tests bestätigen das.«

»Keine Hoffnung, dass sie eines Tages wieder ganz gesund wird?«, fragt Roberto.

Der Arzt schüttelt den Kopf. »Nicht nach dem derzeitigen Stand der Medizin.«

»*Dio mio*«, seufzt Roberto.

»Der hat wieder einmal weggeschaut«, sagt der Arzt.

3

Chiara schaut auf das Display ihres *telefonino*. »*Ti amo*«, steht da. Die neueste SMS von Luca. Chiara lächelt.

Per SMS kann er es sagen, von ihm selbst hat sie es noch nie gehört. Was hat ihre Mutter vor kurzem mit einem Seufzer festgestellt? Dein Vater ist fast fünfzig und kann noch immer nicht reden. Luca ist anders. Na ja, sehr viel redet er auch nicht, aber er kann gut zuhören, denkt Chiara. Außerdem: Wenn man aussieht wie Luca, muss man nicht reden können. Alle Mädchen sind verrückt nach ihm, aber er will sie, Chiara, und keine andere. Das kann sie spüren, ohne dass er viel darüber redet. Erst vor wenigen Monaten ist er von einer anderen Schule ans Marco-Polo-Gymnasium gekommen. Aber die kurze Zeit genügt Chiara. Sie ist sich ihrer Gefühle sicher.

Überraschenderweise hat der Gedanke an Luca fast dieselbe Wirkung wie seine Berührung. Als wäre mir kalt, denkt sie, dabei spürt sie, wie die Wärme in ihr Gesicht steigt. Verliebt sein ist seltsam. Chiara verschränkt die Arme, weil ihr ein junger Mann entgegenkommt, der unverhohlen auf ihre Brüste unter dem dünnen T-Shirt starrt. *»Cretino«,* murmelt sie verärgert und schaut ihn herausfordernd an. Er wendet den Blick schnell ab.

Aber sie ist viel zu vergnügt, um sich wirklich zu ärgern. In ihrem Rucksack steckt das Ticket nach Albuquerque, New Mexico. Außerdem eine schmale weiße Schachtel mit kleinen Pillen. Für jeden Tag eine.

Und auf dem Display des *telefonino* steht *»Ti amo«*. Chiara sieht sich mit Luca in der Wüste New Mexicos. Ein endloser Sternenhimmel, weicher Sand unter den Füßen, die angenehme Kühle einer Sommernacht in zweitausend Metern Höhe. Sie halten einander an den Händen und sie wissen beide ganz genau, dass alles, was geschieht, genau so sein muss und nicht anders.

Chiara wundert sich noch immer über ihre Mutter. Vor kurzem hielt sie Chiara plötzlich das Rezept entgegen. »Die solltest du dir aus der Apotheke holen. Rechtzeitig.«

»Was ist das?«, fragte Chiara abweisend. Und dachte, ihre überbesorgte Mutter vermutete vielleicht Gelbfieber oder Malaria in New Mexico.

»Na was wohl?«, antwortete ihre Mutter. »Luca fährt doch mit – oder? Er ist achtzehn, du bist sechzehn und ich bin nicht blind.«

»Okay«, murmelte Chiara und ärgerte sich darüber, dass sie rot wurde. Dabei hatte sie Luca immer nur so ganz nebenbei erwähnt!

»Und das hier ist auch nützlich«, fuhr ihre Mutter fort. Sie reichte ihr ein Päckchen, das neben Kleingedrucktem einen herzergreifend schönen Sonnenuntergang zeigte.

»Was soll das denn sein?«, fragte Chiara.

»Kondome«, sagte Chiaras Mutter. »Kann ja sein, dass dein Romeo zu unerfahren ist, um daran zu denken. Oder zu romantisch.«

»Ich glaub's einfach nicht«, sagte Chiara.

»Mit ein bisschen weniger Heuchelei gäb's eine Menge weniger Dramen«, bemerkte Chiaras Mutter trocken. Das war dann auch schon das Ende des Gesprächs.

Der Sonnenuntergang liegt mittlerweile schon im Koffer, zwischen Unterwäsche und Sportsocken. Chiara will lieber nicht daran denken, wie ihr zumute sein wird, falls ein übereifriger Zöllner die Schachtel in ihrem Gepäck näher untersucht.

Nach New Mexico wird sie jedenfalls kein »Fossil« mehr sein, wie das Serena, ihre beste Freundin, nannte – eine sechzehnjährige Jungfrau.

Außer mir gibt es in der Klasse bestimmt nur noch eine, die noch nie Sex hatte, denkt Chiara. Aber bei Bruna hat es ganz andere Gründe.

Gegenüber der San-Trovaso-Gondelwerft stehen wie immer die Touristen und fotografieren hektisch. Sie können gar nicht fassen, dass auch Gondeln hergestellt und repariert werden. Chiara wirft einen flüchtigen Blick auf die malerischen dunklen Holzhäuser. Sie ist hier aufgewachsen und eine Gondelwerft hat für sie nicht mehr Attraktion als eine Autowerkstätte. Sie geht über die Brücke, die zur Calle Toletta führt. In der Buchhandlung hat man ihr gestern versprochen, bis heute noch dieses ganz wichtige Buch über die Navajo-Indianer zu besorgen. Hoffentlich haben sie's wirklich, denkt Chiara. In Venedig heißt *domani* meistens nichts anderes als »demnächst«.

4

Roberto steht vor dem Eingangstor zur Oberschule, dem *Liceo Marco Polo*. Ein Schild verkündet, dass die Renovierungsarbeiten von der Kommune Venedigs genehmigt wurden und welche Firma sie durchführt.

Er will noch einmal mit den beiden Arbeitern reden, die damit beschäftigt waren, den Turnsaal zu renovieren, während Caterina Loredan drei Stockwerke tief fiel.

Sie wird diesen Turnsaal nicht mehr brauchen, denkt Roberto.

Die Tür zum Schulgebäude ist verschlossen. Am Vortag war sie das nicht, wie die beiden Arbeiter angaben. Wahrscheinlich haben sie mittlerweile den Auftrag, das Gebäude gegen den Zutritt unbefugter Selbstmörder abzusichern. Roberto geht ein paar Schritte weiter und schaut in den Hof, wo gestern noch Caterina Loredan auf dem sonnenverbrannten Gras lag. Niemand zu sehen. Aber von irgendwo im Inneren der Schule hört er Geräusche. Roberto geht zurück zum Eingang. Er nimmt sein *telefonino* und ruft im Sekretariat der Questura an. Eine unfreundliche Frauenstimme meldet sich.

Roberto denkt an Fantinelli, den Kollegen aus Rom, der unfreundliche Sekretärinnen in kooperative Kolleginnen verwandeln kann. Roberto hat diese magische Begabung nicht. »*Parla* Gorin«, sagt er knapp. »Ich brauche dringend die Telefonnummer ...«, er wirft einen Blick auf das Schild, »... der Firma Biello, Dimitrio.«

»Wir rufen Sie zurück, Commissario«, antwortet die Stimme.

»Nein«, sagt Roberto verärgert. »Ich brauch die Nummer sofort, auf der Stelle, *prontissimo*.«

»Aber sicher«, sagt die Stimme ebenso verärgert. Der Hörer wird weggelegt. Roberto hört die üblichen Hintergrundgeräusche des Büros. Er stellt sich vor, wie die Sekretärin aufsteht, zu dem kleinen Regal neben der Tür geht, immer schön langsam, versteht sich, das Telefonbuch nimmt, zu ihrem Schreibtisch zurückkehrt, das Telefonbuch aufschlägt, vielleicht beim Buchstaben S, denn wer kann denn ahnen, dass B ziemlich am Anfang steht, zurückblättert, etwas zu ihrer Kollegin sagt, weiter zurückblättert, endlich beim B angelangt ist, die Namensreihen mit dem Zeigefinger hinunterfährt, an Biello vorbei, wieder zurück, Biello findet, einen Bleistift nimmt, die Nummer notiert, zum Hörer greift und –

Nichts. Noch immer hört er die Hintergrundgeräusche aus dem Büro. Gedämpfte Stimmen, das Läuten eines Telefons. Ein kurzes Auflachen von jemandem. Na klar, muss lustig sein, ihn warten zu lassen.

Roberto sieht seine Nichte Chiara über die Brücke gehen, die zur Calle Toletta führt. Ein junger Mann dreht sich nach ihr um, rennt dabei gegen einen anderen Passanten. Für einige Augenblicke entsteht ein Fußgängerstau auf der kleinen, viel begangenen Brücke. Chiara hat davon offensichtlich nichts bemerkt. Wahrscheinlich ist sie in Gedanken schon in Santa Fe, New Mexico.

Roberto hätte gerne mit seiner Nichte gesprochen, er überlegt, ob er versuchen soll, sie einzuholen. Denkt dann daran, wie es aussieht, wenn ein nicht eben schlanker Mann mittleren Alters schwitzend hinter einem bildschönen jungen Mädchen herrennt, und lässt es lieber sein.

Wie lang kann ein Mensch brauchen, um eine Telefonnummer herauszusuchen? »*Pronto*?«, sagt er zum stummen *telefonino*.

Dann, endlich, wieder die Stimme von vorhin. »Commissario?«

»*Sì*«, sagt Roberto.

»Biello Dimitrio privat oder die Firma?«

Roberto holt einen Zettel aus der Jackentasche und notiert beide Telefonnummern.

»*Grazie infinite*«, sagt er mit Betonung auf dem zweiten Wort – »unendlich« – und hofft, dass es entsprechend ironisch klingt.

In diesem Augenblick öffnet sich das Schultor. Die beiden Arbeiter, die er schon kennt, sind offenbar im Begriff, eine kleine Pause einzulegen. Linos Bar mit den berühmten *cicheti*, die mittlerweile leider in einigen Venedig-Führern erwähnt sind, ist gleich auf der anderen Seite des Kanals.

»Ich hätte da noch ein paar Fragen«, sagt Roberto.

Die beiden wechseln einen schnellen Blick. Also haben sie etwas zu verbergen.

Roberto seufzt innerlich. Jetzt muss er herausfinden, was es ist. Geht es um illegal Beschäftigte in der Firma? Oder um Baumaterial, das die beiden für ihr Eigenheim auf der *terra ferma*, dem Festland rund um Mestre, abgezweigt haben? Oder doch um etwas, das Roberto in seiner Untersuchung weiterhilft?

»Wir haben doch gestern schon alles gesagt.« Das kommt von dem einen, der am Tag zuvor die Questura angerufen hat. Wie heißt er doch gleich, ja richtig: Gasparini. Grauhaarig, wettergegerbtes Gesicht, misstrauische kleine Vogelaugen. Der andere ist deutlich jünger als Gasparini. Mit seiner blassen Gesichtsfarbe und den gepflegten Händen wirkt er nicht so, als hätte er schon auf vielen Baustellen gearbeitet. Ein Student auf Ferienjob?

Roberto will wenigstens versuchen, Zeitverschwendung zu vermeiden. »Sie verstehen, es geht mir ausschließlich um diese Geschichte mit dem Mädchen. Andere – hm – Dinge interessieren mich nicht. Ich bin weder von der Einwanderungsbehörde noch von der Steuerfahndung.«

Das kommt ganz schlecht bei Gasparini an. »Was unterstellen Sie uns, Commissario, wir haben die Polizei gerufen, wie es unsere Bürgerpflicht ist. Und es gibt absolut nichts, was wir Ihnen sonst noch sagen könnten.«

»Ist das auch Ihre Ansicht, Signor …?«

»Menin«, sagt der Jüngere. »Alberto Menin. Ja, das ist auch meine Ansicht.«

Roberto spürt das Unbehagen in der Stimme, aber er fragt nicht weiter. Im Augenblick jedenfalls. Er gibt beiden seine Karte. »Falls Ihnen doch noch was einfällt ...« Dabei sieht er Menin an.

»Können wir gehen?«, fragt Gasparini.

»Selbstverständlich«, sagt Roberto. Er beobachtet die beiden auf ihrem Weg über die Brücke. Sie gehen schweigend, vermutlich weil sie den polizeilichen Blick im Rücken fühlen. Sie steuern, wie er es erwartet hat, auf Linos Bar zu.

Da ist noch etwas, das Roberto an den beiden irritiert. Er kommt nicht sofort darauf, was es ist, aber dann weiß er es: Keiner der beiden hat gefragt, ob das Mädchen noch lebt.

5

Bruna starrt ihr Spiegelbild an. Sie sitzt auf ihrem Bett, und obwohl sie die dunkelgrünen Fensterläden zugezogen hat, um die Mittagssonne abzuhalten, ist es heiß im Zimmer. Es riecht nach gebratenem Fisch. Ein Geruch, den sie widerlich findet, trotzdem meldet sich Hunger. Vom Campo herauf hört sie Stimmen, fröhliche Stimmen, ein Durcheinander von fröhlichen Stimmen, dann ein Lachen, irgendwer stimmt in das Lachen ein.

Warum müssen nur alle immer so ekelhaft fröhlich sein?, denkt Bruna. Und warum gibt es Spiegel?

Aber andererseits – auch wenn es keine Spiegel gäbe, wären da noch immer die Blicke. Blicke junger Männer, die durch sie hindurchgehen, als wäre sie gar nicht vorhanden. Der vorwurfsvolle Blick ihrer Mutter. Der leicht angewiderte Blick ihres Vaters, so ganz anders als der Blick, mit dem er kürzlich einer aus ihrer Klasse nachgeschaut hat. Einer von den Dünnen natürlich. Mit Rundungen ausschließlich an den richtigen Stellen.

Und dann ist da noch der mitleidige Blick ihres Bruders. Mach dir nichts draus, *zucchetta*, du bist schon o. k., so wie du bist. *Zucchetta*, kleiner Kürbis, der Kosename ist nett gemeint, aber er kränkt trotzdem.

Immerhin: Sie gehört zu den wenigen aus ihrer Schule, die sich für New Mexico qualifiziert haben. Ihr Referat zum Thema Reservate der *Native Americans* war sowieso das beste. »Verrat ohne Ende« hat sie es genannt. Ein guter Titel. Und gut recherchiert. Sie weiß mehr über amerikanische Geschichte als alle anderen zusammen, die gemeinsam mit ihr morgen nach Albuquerque fliegen. Und sie hat viel darüber gelesen, wie man der indianischen Bevölkerung Land, Lebensgrundlage und die Naturreligion ihrer Vorfahren weggenommen hat. Eines Tages wird sie den Pulitzerpreis kriegen für irgendeine journalistische Meisterleistung zu diesem Thema. Eines Tages wird sie dünn sein.

Damit ist sie wieder beim Spiegel.

Sie versucht objektiv zu sein. Das Gesicht, doch, das wäre ja noch ganz in Ordnung. Typ Madonna. Nicht die blonde Sängerin, nein, die Madonna auf den Bildern in den Kirchen. Glatte, dunkle Haare, in der Mitte gescheitelt, verdecken einen Teil der rundlichen Wangen. Aber selbst das weite T-Shirt und der lange dunkle Rock können nicht verbergen, dass sie ganz einfach zu dick ist. Viel zu dick. Eine Weile kämpft sie mit den Tränen und mit dem Bedürfnis, den tröstenden Geschmack von Schokolade zu spüren. Auf keinen Fall, denkt sie. Das darf nicht wieder passieren.

Sie hat den Vorrat an Schokoriegeln ganz nach

hinten in die unterste Schublade der Kommode geräumt. Dort, wo ihre Winterpullover zwischengelagert sind.

Im Nebenzimmer hört sie ihren Bruder telefonieren. Wahrscheinlich mit seiner Freundin. Mit seiner sehr schlanken Freundin.

Sie denkt an Tommaso. An den Brief damals, zwischen ihren Schulbüchern. An diesen Augenblick, an dem die Wolken aufrissen und ihr ein Stück Himmel zeigten.

An das, was nachher kam. Sie weiß genau, wer es war, der ihr das angetan hat.

Und sie wird es ihm irgendwann heimzahlen. Dann, wenn er am wenigsten damit rechnet.

Sekunden später kramt sie unter den Winterpullovern, ihre Hand ertastet glattes Papier, sie reißt die Verpackung auf und hat mit wenigen Bissen den Schokoriegel aufgegessen. Die Euphorie hält nicht länger, als sie braucht, um die Mischung aus Milchschokolade, Nüssen und Karamel hinunterzuwürgen.

Jetzt ist da statt der Gier auf Süßes wieder dieses nur allzu bekannte Schuldgefühl. Dann ess ich eben weniger zu Mittag, denkt sie. Und überhaupt nichts zu Abend. Und die restlichen Schokoriegel werf ich weg.

Im Nebenzimmer lacht ihr Bruder laut auf. Fast so, als hätte er gehört, was sie sich wieder einmal vorgenommen hat.

6

Roberto ist unentschlossen. Sein Pflichtbewusstsein ruft ihm den überquellenden Schreibtisch in der Questura in Erinnerung. Sein Magen visualisiert gebackene Sardinen bei Fiore in der Calle delle Botteghe. Sein Gefühl sagt ihm, dass er die Firma Biello näher in Augenschein nehmen sollte. Trotzdem steht er kurz darauf nicht vor der Questura, nicht vor dem Fischrestaurant und auch nicht vor dem Büro der Baufirma. Er findet sich vor dem Institut für Wissenschaft, Literatur und Kunst – dem Palazzo Loredan.

Der Pförtner des Instituts verweist ihn auf seine Frage hin zu einer unauffälligen Tür mit einer Klingel ohne Namensschild. »*Polizia*«, sagt Roberto nur auf das »*Chi è?*« aus der Gegensprechanlage. In der düsteren Halle liegt eine alte Gondel, was Roberto wundert, weil der Palazzo keinen Zugang zum Canal Grande hat. Wie ein hilflos gestrandeter Wal liegt die Gondel da auf dem Steinboden.

Trotz der Hitze draußen ist es sehr kühl hier drinnen. Am Ende der Halle eine Treppe nach rechts. Während er die ersten Stufen der Marmortreppe nimmt, weiß Roberto plötzlich, dass er beobachtet wird. Er schaut auf. Oben, am Treppenabsatz, steht eine regungslose schwarze Figur und sieht ihm entgegen. Er weiß nicht recht, ob er sofort grüßen soll oder erst, wenn er oben angelangt ist. Er entscheidet sich für die zweite Variante und steigt stumm die restlichen Stufen hinauf. »*Buon giorno*«, sagt er schließlich keuchend zu der schwarzen Figur, die eine sehr schlanke Frau mittleren Alters mit strengem Gesicht ist. »Commissario Gorin. Ist Signor Loredan zu sprechen?«

Ihre Antwort ist ein prüfender Blick, der seine gesamte Figur einschließt. Ein wenig fühlt Roberto sich, als wolle er sich bei den Weight Watchers anmelden und würde auf seine Erfolgschancen taxiert. Das Ergebnis des prüfenden Blicks fällt sichtlich ungünstig aus.

»Sie sagten: Polizei?«, fragt die schwarze Frau mit einer Stimme, die Roberto irgendwie beunruhigt. »Können Sie sich ausweisen?«

Während er nach seinem *tesserino* kramt, fällt ihm ein, was die Stimme so seltsam macht. Sie klingt, als wäre sie durch einen technischen Trick verfremdet.

Nach einem Blick auf seine Legitimation macht die Frau wortlos Platz und lässt ihn eintreten. »Ich werde Sie dem Conte melden.«

Die Halle, in der Roberto steht, hat die Dimension einer Kleinwohnung. Düstere Beleuchtung und riesige altersfleckige Spiegel in vergoldeten Rahmen lassen Roberto an einen surrealen Film denken, den er vor einiger Zeit gesehen hat.

Die schwarze Frau öffnet eine der Türen, tritt dann

zurück und sagt mit ihrer Androidenstimme: »Conte Loredan lässt bitten.«

Die Sommerhitze hat hier keinen Zutritt. Offensichtlich gehen die hohen Fenster zum Hof des Palazzo. Ein alter Brunnen ist zu sehen, Oleanderbüsche blühen in verschiedenen Schattierungen von Rosa. An der hohen Decke des Raumes mehrere Medaillons mit Freskenmalerei. Das sanfte, durch Vorhänge gedämpfte Licht lässt das Muster des alten Terrazzobodens weich und plastisch wirken. Ein Teppich aus Stein. Der Conte steht an einem der Fenster und wendet sich um, als er Robertos Schritte hört. Die dunklen Schatten in seinem Gesicht sind noch stärker zu sehen als am Vorabend.

»Commissario?«, fragt er.

Er scheint nicht vorzuhaben, Roberto einen Platz anzubieten. Auch Händeschütteln ist nicht vorgesehen. Roberto spürt Schweißtropfen auf Stirn und Oberlippe. Conte Loredan dagegen wirkt völlig kühl. Wahrscheinlich schwitzen Grafen nicht. Zu vulgär vermutlich.

»Ich möchte mich nach dem Befinden Ihrer Tochter erkundigen«, sagt Roberto.

»Sehr freundlich«, antwortet der Conte, aber es klingt, als wolle er eigentlich sagen: sehr unnötig. »Sie ist bei Bewusstsein. Aber sie spricht kein Wort. Vermutlich der Schock nach dem – Unfall.«

Roberto nickt und ärgert sich, dass er sich kein Konzept für die Befragung zurechtgelegt hat. »Sie haben keinen Abschiedsbrief oder etwas Ähnliches gefunden?«, fragt er.

»Natürlich nicht.« Die Stimme des Conte klingt eisig. »Ich sagte Ihnen doch schon, ein Selbstmordversuch ist ausgeschlossen.«

»Ihre Tochter hat Narben an den Unterarmen, die nicht von dem Sturz stammen. Ältere Narben, aber auch kaum verheilte. Können Sie dazu etwas sagen?«

Der Conte zögert. Er scheint abzuwägen, ob sich die Mühe einer Antwort lohnt. »Sie hat sich diese unbedeutenden kleinen Verletzungen selbst zugefügt«, sagt er schließlich. »Und sie ist deswegen in therapeutischer Behandlung. Für die Polizei dürfte das kaum relevant sein.«

»Wer ist ihr Therapeut?«, fragt Roberto.

»Therapeutin«, korrigiert der Conte. »Dottoressa Grazia Brocca.«

Roberto kennt den Namen der Ärztin und nickt. »Ich habe noch einmal mit den beiden Arbeitern gesprochen, die Ihre Tochter gefunden haben«, sagt er. »Sie können keine weiteren Angaben machen.«

»Das habe ich auch nicht erwartet.« Der Conte zögert kurz. »Hören Sie – ich weiß Ihr Pflichtbewusstsein zu schätzen, wünsche aber keine weiteren Nachforschungen.«

Er wünscht nicht, denkt Roberto. Was glaubt er, in welchem Jahrhundert wir leben? »Sie wollen nicht wissen, was geschehen ist?«, fragt er.

»Meine Tochter wird es mir zu gegebener Zeit sagen«, antwortet der Conte. »Im Augenblick ist es mir wichtiger, ihren Namen aus den Sensationsnachrichten herauszuhalten, was mir bis jetzt gelungen ist.«

Richtig, denkt Roberto. In keiner Zeitung war auch

nur eine Andeutung des Vorfalls. Ein weiterer Hinweis auf die exzellenten Verbindungen der Familie Loredan.

»Wir können den Fall erst ad acta legen, wenn wir Fremdverschulden definitiv ausschließen können.« Roberto hört selbst, wie klischeehaft das klingt.

»Fremdverschulden?«, wiederholt Conte Loredan. »Was meinen Sie damit?«

»Wir wissen nicht sicher, ob sie allein war – bevor sie …«, Roberto zögert, »… fiel.«

»Das ist absurd«, sagt der Conte. »Wahrscheinlich wollte sie etwas aus ihrem alten Klassenzimmer holen, hat sich zu weit aus dem Fenster gebeugt und da ist es passiert.«

»Nur dass es nicht ihr altes Klassenzimmer war«, antwortet Robert. »Ich habe mich erkundigt. Ihre Klasse war im ersten Stock und ging zum Kanal.« Ungeeignet für Selbstmord, denkt er.

»Was erwarten Sie sich eigentlich von Ihrem Übereifer?«, fragt der Conte plötzlich. »Eine Belobigung? Eine Beförderung? Ein größeres Büro?«

Roberto kämpft den aufflackernden Zorn nieder. »Die Wahrheit«, sagt er. »Ganz einfach die Wahrheit. *Bon dì.*«

Er dreht sich um und geht aus dem Zimmer.

Unten in der Eingangshalle kommt ihm mit raschen Schritten ein junger Priester in schwarzer Soutane entgegen. Roberto überlegt, an welchen Schauspieler er ihn erinnert. Blasse Haut, dunkle Haare, helle Augen. Ist da nicht auch eine gewisse Ähnlichkeit mit dem Conte?

Der Priester wirft ihm einen kurzen forschenden Blick zu, während sie aneinander vorbeigehen.

Roberto tritt hinaus auf den sonnenüberfluteten Campo. Einige Kinder spielen Fußball zwischen Touristen. Ein aufgeregter kleiner Hund versucht dem Ball gleichzeitig auszuweichen und nachzulaufen. Auf dem Sockel des Denkmals sitzt eine dicke Frau und schleckt Eis. Die Glocke in irgendeinem nahen Campanile beginnt zu schlagen. Hier ist plötzlich wieder Sommer und Wärme und Licht. Erst jetzt bemerkt Roberto, wie kalt ihm geworden ist im Palazzo Loredan.

7

Vor der Questura löst sich murrend eine Menschenschlange auf. Alle möglichen Hautfarben sind vertreten. Manche schimpfen laut, andere wieder resignieren stumm. Es sind Ausländer, die sich seit den frühen Morgenstunden um die begehrte Aufenthaltsbewilligung angestellt haben. Ohne *permesso di soggiorno* gibt es keine Arbeit, jedenfalls keine offizielle. Jetzt um eins schließt der Schalter, der Beamte geht nach Hause oder in die nächste Bar, und wer nicht drangekommen ist, der muss es eben am nächsten Tag wieder versuchen. *Niente da fare.*

Roberto öffnet die Tür zu seinem Büro und wundert sich wieder einmal über das seltsame Klima dieses Raums. Im Winter dumpfkalt mit einer Landkarte aus feuchten Flecken an der Wand. Im Sommer brütend heiß trotz geschlossener Jalousien. Er setzt sich an seinen Schreibtisch und beäugt missmutig den aufgetürmten Aktenberg. Die Übelkeit, die er spürt, hat allerdings weniger mit den Akten als mit der Tatsache zu tun, dass er noch nichts gegessen hat. Er weiß genau, dass da noch irgendwo ein Schokoriegel versteckt sein muss, und findet ihn mit kriminalistischem Spürsinn unter den alten Spesenabrechnungen. Das Zeug macht dick, ist schlecht für die Zähne und überhaupt ungesund, denkt er schuldbewusst, während er kaut.

Warum bin ich denn nicht im *Acqua Santa* und habe ein paar gefüllte Sardinen vor mir auf dem Teller? Oder gegrillte Tintenfische? Warum? Die Frage ist rhetorisch. Er weiß es genau. Weil da noch immer dieses Bild auftaucht. Und weil manche Bilder den Appetit auf gefüllte Sardinen oder Tintenfische verderben. Ist es die Seele, die uns vorschreibt, wann und wie viel wir essen? Und was geht in einer Seele vor, die den Körper aushungern will?

Ich bin kein Therapeut, ich bin Polizist, denkt Roberto.

Er greift nach dem obersten Ordner und legt ihn dann doch wieder zurück.

Es bringt nichts, denkt er. Aber da hat er den Telefonhörer schon in der Hand.

Mit der anderen Hand blättert er in seinem Telefonverzeichnis. Er tippt die Nummer ein. »Dottoressa Brocca? Hier ist Gorin.«

»Ah, Commissario«, sagt die Ärztin freundlich. »Wie geht es Ihrem Sohn?«

Roberto hat die Psychiaterin vor einiger Zeit um Rat gefragt. Damals, als Samuele beschloss, unbedingt in der Bar seines Onkels an der Kaffeemaschine arbeiten zu wollen.

»Sie hatten Recht«, sagt Roberto. »Die Arbeit macht ihm viel Spaß. Er ist viel selbstständiger geworden. Und ausgeglichener.«

»Das freut mich«, sagt die Dottoressa herzlich. Eine kleine Pause entsteht. Die Ärztin wartet offensichtlich darauf, dass er ihr den Grund seines Anrufs verrät. »Kann ich Ihnen helfen, Commissario?«, fragt sie schließlich.

»Ich weiß es nicht«, sagt Roberto wahrheitsgemäß. »Ich untersuche den – Unfall von Caterina Loredan.«

Diesmal dauert die Pause länger. »Conte Loredan hat mich unterrichtet«, sagt die Dottoressa. Ihre Stimme klingt vorsichtig, nicht mehr spontan wie zuvor. So als würde sie jedes Wort, das sie sagt, vorher ganz genau abwägen. »Aber alles, was ich dazu sagen könnte, unterliegt der ärztlichen Schweigepflicht. Ich hoffe, Sie verstehen das.«

»Ja, natürlich«, antwortet Roberto. »Aber vielleicht könnten Sie mir ganz allgemein etwas zum Thema Magersucht sagen. Anorexie ist ja wohl das Fachwort.«

»Ganz allgemein? Sicher. Ich nehme an, dagegen ist nichts einzuwenden. Nur – vor übermorgen habe ich nicht einen einzigen Termin frei.«

»Übermorgen?!« Roberto klingt hörbar enttäuscht.

Die Dottoressa seufzt. »Es eilt wohl wie immer – mhm? Mein letzter Patient kommt um sieben. Wenn Sie um acht in meiner Praxis sind, dann können wir eine halbe Stunde reden.«

»Vielen Dank. Ich werde da sein«, sagt Roberto. Er denkt daran, dass er Sandra versprochen hat, ganz bestimmt zum Abendessen zu Hause zu sein. Ein *branzino* wartet. Sein Lieblingsfisch. Roberto starrt an die Wand. Dort, wo im Winter die feuchten Flecken waren, blättert jetzt die Wandfarbe ab. An manchen Stellen bröckelt der Verputz. Anträge auf Reparaturarbeiten in den Büros der Questura gehen einen langen bürokratischen Weg. Roberto hat keine Lust, einen entsprechenden Antrag auszufüllen. Sein Magen gibt ein lautes beleidigtes Geräusch von sich. Es hilft keinem, wenn ich auch noch magersüchtig werde, denkt Roberto. Er will wenigstens in der Bar am Ponte dei Greci ein *panino* essen.

Es ist halb drei, als er zurück in sein Büro kommt und zum zweiten Mal nach dem obersten Ordner greift.

Energisches Klopfen an der Tür. Es soll nicht sein, denkt Roberto und lässt den Ordner bereitwillig wieder auf den Aktenberg sinken.

Piero steckt den Kopf zur Tür herein. »Hast du eine Ahnung, wo der Colonnello sein könnte? Ein Gespräch aus Rom. Der Justizminister verlangt seinen sofortigen Rückruf. Das *telefonino* des Colonnello ist abgeschaltet und im Sekretariat weiß niemand, wo er zu finden sein könnte.«

Roberto nimmt wortlos sein Telefonverzeichnis zur Hand, sucht kurz und wählt dann eine Nummer. *»Circolo Golf Venezia«*, meldet sich eine verbindliche weibliche Stimme.

»Hier Commissario Gorin. Wir müssten dringend Colonnello Rogante erreichen«, sagt Roberto.

»Das ist im Augenblick nicht möglich«, erklärt ihm die Stimme freundlich, aber bestimmt. »Der Colonnello ist auf der Runde. Er spielt heute Matchplay.«

Roberto zählt langsam bis drei. Meistens reicht das, um einen Wutausbruch zu verhindern. »Finden Sie ihn«, sagt er. Das »verdammt noch mal« kann er gerade noch unterdrücken.

»Sind Sie sicher, dass der Colonnello damit einverstanden ist?«, fragt die freundliche Stimme jetzt schon weniger freundlich.

Diesmal zählt Roberto zähneknirschend bis fünf. »Ganz sicher«, sagt er dann.

»Was kann der Justizminister vom Colonnello wollen?«, fragt Piero, der den Anruf mitverfolgt hat.

Roberto zuckt die Achseln. »Keine Ahnung. Wahrscheinlich nichts, was für uns von Bedeutung ist.«

Aber darin täuscht sich Roberto.

Der Colonnello steht am Fenster und schaut auf den Campo San Lorenzo. Er trägt ein blassrosa Poloshirt und helle, kurze Leinenhosen, die knubblige Knie und dünne Waden sehen lassen. Roberto grinst. »Trägt man so was zum Golfspielen?«, fragt er. Dann sieht er den Gesichtsausdruck des Colonnello. »Tut mir Leid wegen der Spielunterbrechung«, sagt er. »Ich dachte, es wäre in deinem Interesse, weil doch immerhin ...«

»Darum geht es nicht«, unterbricht ihn der Colonnello ungeduldig. »Warum um Himmels willen legst du dich mit den Loredans an?«

»Tu ich das?«, fragt Roberto verblüfft. »Ich versuche herauszufinden, was in diesem gottverdammten Klassenzimmer geschehen ist. Und warum es geschehen ist.«

»Der Conte sieht das anders. Er fürchtet um die Privatsphäre seiner Familie. Er will nicht, dass da ein Polizist herumschnüffelt«, sagt Rogante. Dann seufzt er. »Ausgerechnet Conte Loredan musst du dir zum Gegner machen. Warum nicht gleich den Papst?«

»Kein Problem. Es gibt durchaus ein paar Fragen, die ich vom Papst gerne beantwortet hätte«, meint Roberto ungerührt.

»Ein Mal ...«, der Colonnello ringt buchstäblich die Hände, »ein Mal läuft es in einem Turnier so richtig gut! Ich war nach neun Löchern drei unter Handicap.« Er macht eine Pause, wie um Roberto Gelegenheit zu geben, etwas Anerkennendes zu äußern. Aber Roberto denkt nicht daran. Golfchinesisch versteht er nicht. »Und was passiert?«, fährt der Colonnello fort. »Ich muss zurück und den Justizminister davon überzeugen, dass ich nicht so ohne Weiteres auf meinen fähigsten Ermittler verzichten kann.«

»Und?«, fragt Roberto trocken. »Ist es dir gelungen?«

»Du weißt, was ich von Einmischungen aus Rom halte«, sagt der Colonnello. »Aber von dieser Geschichte lässt du auf der Stelle die Finger. Außerdem ist es sowieso nicht unsere Sache. Ob die kleine Loredan high war und geglaubt hat, fliegen zu können, ob sie sich aus Liebeskummer umbringen wollte oder vielleicht wirklich nur das Gleichgewicht verloren hat, das geht uns absolut nichts an. Ist das klar? Wir haben genug am Hals. Nimm lieber die Menschenschmuggler fest oder diesen Irren, der allen männlichen Statuen den Pimmel abschlägt, oder die Albaner, die ihre Kinder zu Einbrüchen abrichten.«

»Und was, wenn sie aus dem Fenster gestoßen wurde?«, fragt Roberto.

Der Colonnello wirft ihm einen schnellen, forschenden Blick zu. »Gibt es denn darauf irgendeinen Hinweis?«

»Nichts Konkretes«, muss Roberto zugeben.

Sein Vorgesetzter atmet hörbar auf. »Dann ist ja alles klar.«

8

Roberto sitzt im Wartezimmer von Dottoressa Brocca. Wahrscheinlich sollte ich mich selbst behandeln lassen, denkt er. Statt zu Hause meinen *branzino* zu filettieren, hocke ich hier und warte, dass der letzte gestörte Patient endlich aufhört, sein Seelenleben offen zu legen. Es ist schon zehn nach acht. Roberto gießt Wasser aus der Glaskaraffe in ein bereitstehendes Glas. Am Boden des Krugs liegen verschiedenfarbige Steine. Ein fotokopierter Zettel informiert ihn darüber, dass er durch Rosenquarz, Bergkristall und Bachkiesel energetisiertes Wasser trinkt. Das Wasser schmeckt so, wie Wasser immer schmeckt. Roberto wartet und horcht in sich hinein. Energetisiert fühlt er sich nicht. Eher genervt.

Die Tür zum Behandlungsraum öffnet sich. Die Dottoressa ist eine kleine lebhafte Person mit kurz geschnittenen grau melierten Haaren. »*Sono pronta*«, sagt sie statt einer Begrüßung.

»Aber ich habe niemanden weggehen gesehen«, wundert sich Roberto.

Die Dottoressa lächelt. »Manche bevorzugen den unauffälligen Hinterausgang. Es gibt noch immer eine Menge Vorurteile. Und wenn jemand in der Öffentlichkeit steht … Venedig ist eine Kleinstadt, wie Sie wissen.«

»Wollen wir einen *spritz* zusammen trinken?«, fragt Roberto.

»Gute Idee.« Die Dottoressa nimmt ihre Handtasche. Am Treppenabsatz bleibt sie stehen, holt ihr *telefonino* aus der Tasche. »*Al Teatro*?«, fragt sie Roberto.

Der nickt. Er mag die Bar neben dem Theater *La Fenice*. Und sie liegt fast auf dem Weg nach Hause.

Die Ärztin geht vor Roberto in der engen Calle, er hört nicht, was sie da am *cellulare* redet. Es ist ein kurzes Gespräch.

»Was wollen Sie wissen?«, fragt sie dann, als beide *spritz con bitter* bestellt haben, den typisch venezianischen Aperitiv aus Weißwein, Soda und Campari. Nicht zu vergessen die grüne Olive.

»Anorexie«, sagt Roberto. »Kann man sagen, wodurch sie ausgelöst wird?«

»Die Auslöser können sehr unterschiedlich sein. Das Grundbedürfnis dahinter ist meistens der Wunsch, nicht erwachsen zu werden. Sich dem Leben zu verweigern. Eine Art langsamer Selbstmord.«

Der Kellner stellt die beiden Gläser auf die Theke.

»Kann es sein, dass es manchem zu langsam geht?«, fragt Roberto.

Die Ärztin nickt. »Das kommt schon vor. Meist spielen auch Schuldgefühle eine Rolle, die dann zu Autoaggression führen.«

»Diese Verletzungen, die sich Caterina Loredan zugefügt hat, sind die Ausdruck von Schuldgefühlen?«

Das Gesicht der Dottoressa wird sofort wieder wachsam. »Wir wollten allgemein bleiben«, sagt sie. »Ich empfehle Ihnen übrigens wirklich, sich nach den Wünschen des Conte zu richten.«

Roberto nickt. »Das empfehlen mir alle. Ich formuliere meine Frage anders: Sind bei Anorexie häufig Schuldgefühle involviert?«

Dottoressa Brocca betrachtet nachdenklich die Olive, die an einem kleinen Holzspieß steckt, dann lässt sie sie wieder zurück ins Glas fallen. »Ich denke schon. Allerdings ist der Begriff ›Schuld‹ sehr schwer zu definieren. Sexuell missbrauchte Kinder fühlen sich schuldig. Jugendliche, an die aus übergroßer Liebe zu hohe Erwartungen gestellt werden, fühlen sich schuldig. Ein Mädchen, das plötzlich nicht mehr Papas kleine Prinzessin ist, sondern eine menstruierende Frau, kann sich deswegen schuldig fühlen. Die menschliche Seele ist ziemlich erfindungsreich, wenn es darum geht, sich selbst zu quälen.«

»Und wie sind die Chancen auf Heilung?«, fragt Roberto.

Die Ärztin betrachtet wieder die Olive, als erwarte sie von ihr irgendeine Hilfe. »Die Heilung kann spontan geschehen. Einfach so. Der Wille zu überleben wird plötzlich stärker als der Wunsch, sich selbst zum Verschwinden zu bringen. Oder es gelingt in einer Therapie, die Ursachen zu finden und aufzulösen. Oder irgendetwas passiert, das alles ändert. Manche fangen an leben zu wollen, wenn sie sich verlieben.«

Roberto deponiert den Kern seiner Olive in einem Aschenbecher. Sein Magen ist von der unzureichenden Mahlzeit enttäuscht und gibt ein hörbares Geräusch von sich. »Und das Gegenteil?«, fragt Roberto plötzlich. »Zu viel essen ist ja auch krankhaft.«

»Adipositas?«

Der Blick der Ärztin streift seine Figur und Roberto zieht unwillkürlich den Bauch ein. Er hat das unbehagliche Gefühl, dass sie überlegt, ob er noch unter wohl genährt oder schon unter fettleibig einzuordnen ist.

»Das Krankheitsbild ist meist viel eindeutiger. Es ist ganz einfach so, dass man sich einen sehr realen Schutzwall anfuttert.«

»Schutzwall wogegen?«, fragt Roberto.

»Das herauszufinden ist Aufgabe der Therapie. Wenn man das Problem aus dem Unbewussten geholt hat, wird der Schutzwall überflüssig.«

Roberto denkt an Sandra. Wogegen wappnet sie sich? Gegen sein ständiges Zuspätkommen? Gegen die einsamen Sonntage, wenn er über einem Fall grübelt, obwohl er eigentlich keinen Dienst hätte? So wie jetzt, wo er über Essstörungen nachdenkt, anstatt nach dem *branzino* die *creme caramel* in Angriff zu nehmen.

»Ich muss nach Hause«, sagt er plötzlich schuldbewusst. »Danke, Dottoressa, dass Sie sich Zeit genommen haben.«

»Grüßen Sie Ihre Frau und Samuele«, sagt sie lächelnd. Und Roberto hat das unbehagliche Gefühl, dass sie seine Gedanken so genau kennt, als hätte er sie laut ausgesprochen.

Roberto will sich eben zum Gehen wenden, als er

diesen Ausdruck auf dem Gesicht der Ärztin sieht. Er folgt ihrem Blick. Am Eingang zur Bar steht eine attraktive blonde Frau, zögert kurz, kommt auf sie zu. Die beiden Frauen umarmen und küssen einander. »Commissario Gorin – architetto Trevisan«, sagt die Dottoressa dann. Es ist eine ganz alltägliche Szene, aber Roberto hat den Eindruck, dass die beiden nicht einfach befreundet, sondern ein Paar sind. Ja – und?, denkt er. Wieso stört mich das plötzlich? Weil man von einer Psychiaterin erwartet, dass wenigstens sie nach den Normen der Gesellschaft lebt?

Er spürt, dass die Ärztin ihn ansieht. »Im Grunde geht es immer darum, zu sich selbst zu stehen«, sagt sie lächelnd. Es ist vielleicht nicht mehr als ein abschließender Satz zu ihrem vorangegangenen Gespräch. Aber diesmal ist Roberto ziemlich sicher, dass sie Gedanken lesen kann.

9

Roberto wacht auf mit dem Gefühl, dass irgendetwas nicht in Ordnung ist. Mit zunehmendem Bewusstsein weiß er, dass eine ganze Menge nicht in Ordnung ist. Sandra war verärgert gewesen, als er um halb zehn nach Hause gekommen war.

Sie ist selten verärgert, also muss sie im Recht sein. Außerdem war da dieser Blick von Samuele, der zu fragen schien: Wer genau ist das eigentlich, der da immer irgendwann spät am Abend auftaucht? Dann war da das Gespräch mit dem Colonnello. Es ist völlig klar, dass er in diesem Fall keine Rückendeckung von ihm bekommt. Sofern es überhaupt ein Fall für die Polizei ist. Und schließlich noch die Bemerkung der Dottoressa Brocca, die ihm empfahl, sich unbedingt nach den Wünschen des Conte zu richten.

Dann jagen wir eben den Pimmelzertrümmerer, denkt er. Es geht ja schließlich nicht an, dass da ein Irrer seine Obsessionen an Venedigs Statuen auslebt. Ich hätte die Dottoressa auch zu diesem Thema befragen sollen, grübelt er. Ist es ein Eiferer, der auf diese absurde Art gegen sexuelle Freizügigkeit eintritt? Oder ist es vielleicht sogar eine Frau, die auf diese Weise ihrem Ärger auf alles Männliche Luft macht? Ich könnte die Profilerin aus Rom anfordern, die schließlich auf der richtigen Spur war, als sie ein Jahr zuvor den Serienmörder jagten. Sie werden uns dafür keinen Psychologen bewilligen, denkt er weiter. Sie werden sagen, bewacht eure Pimmel gefälligst ausreichend.

Roberto steht auf und geht in die Küche. Er möchte seinen guten Willen zeigen und schlägt ein gemeinsames Frühstück vor.

»Samuele ist schon weg«, sagt Sandra kühl. »Er hat versprochen, heute früher anzufangen. Und ich bin in einer halben Stunde mit Marisa im Schwimmbad verabredet.«

Richtig, Sandras neues Sportprogramm. Sie hat ihm davon erzählt.

Er würde gern etwas Nettes sagen, aber alles, wozu er ansetzen will, fühlt sich irgendwie falsch an. Er bleibt stumm.

Später dann, in der Palanca-Bar, blättert er durch den *Gazzettino*. Nicht die kleinste Meldung über den Vorfall im *Liceo Marco Polo*. Aber im Chronikteil eine ausführliche Berichterstattung über eine Siebzehnjährige, die sich aus Liebeskummer umbringen wollte und im letzten Augenblick knapp vor dem herannahenden Zug von einem Bahnbediensteten gerettet wurde.

Die fetten Schlagzeilen des *Gazzettino* gelten allerdings wie fast immer dem Irak. Wieder hat sich jemand vor einer Polizeistation in die Luft gesprengt. Acht Tote. Noch einmal das Thema Selbstmord, diesmal verbunden mit der Absicht, andere in den Tod mitzunehmen. So wie dieser HIV-positive Drogenabhängige, der vor wenigen Wochen den Kollegen Fantinelli mit einer gebrauchten Nadel verletzte. Alle waren erleichtert, als endlich, nach zwei Tagen, Entwarnung aus dem Polizeilabor kam. Der »Statuenschänder«, wie ihn der *Gazzettino* verschämt nennt, hat diesmal nur eine kleine Notiz abbekommen. Die Polizei arbeite fieberhaft und habe eine konkrete Spur. Schön wär's, denkt Roberto und holt eine zweite *brioche* aus der geheizten Vitrine. Gleich, denkt er, gleich beginnen wir mit dem fieberhaften Arbeiten.

Die Sonne über San Giorgio verspricht einen heißen Sommertag. Ein Lastkahn, schwer mit Steinen beladen, fährt durch den Giudecca-Kanal. Zwei Möwen streiten um irgendetwas Unappetitliches. Für einen kurzen Augenblick spürt er so etwas wie eine Vorahnung von etwas Unerfreulichem, das auf ihn zukommt. Er schüttelt den Kopf über sich selbst. Ein Tag im Büro kommt auf ihn zu, unerfreulich genug, das ist aber auch alles.

Der Beamte am Eingang zur Questura macht eine müde Andeutung von Salutieren. Die Grußvariante für heiße Sommertage. »Den Brief hab ich ins Sekretariat gebracht«, sagt er.

»Welchen Brief?«, fragt Roberto.

»Den Brief, der beim Kollegen vom Nachtdienst abgegeben wurde.«

Roberto schüttelt ratlos den Kopf, aber er öffnet die Tür zum Sekretariat.

»Hier soll ein Brief für mich sein«, sagt er.

»Was für ein Brief?«, fragt die Sekretärin. Die Plätze ihrer beiden Kolleginnen sind leer.

Was soll das sein – irgendeine alberne Slapstick-Szene?, denkt Roberto. »Also ist kein Brief für mich da?«, fragt er zurück.

»Ich weiß von keinem Brief«, sagt die Sekretärin.

Das ist nicht Slapstick, denkt Roberto, das ist Kafka. Wahrscheinlich verwandle ich mich gleich in einen Käfer.

Als er die Tür zu seinem Büro aufmacht, fällt ihm auf, wie winzig es ist. Er hört die Stimme des Conte, wie er da am Fenster seiner riesigen Bibliothek steht: Was erwarten Sie sich eigentlich von Ihrem Übereifer? Eine Belobigung? Eine Beförderung? Ein größeres Büro?

Ein größerer Schreibtisch wäre nicht schlecht, denkt Roberto. Der Laptop, ein Berg von Post, die Akten und verstreuten Notizzettel lassen keinen Zentimeter der Holzplatte mehr sehen.

»Roberto?«, sagt eine Stimme hinter ihm. Es ist der Kollege aus Rom, den er in Gedanken noch immer Fantinelli nennt, obwohl sie längst per du sind. Merkwürdig, denkt Roberto. Er hat mir vermutlich das Leben gerettet und ich mag ihn noch immer nicht besonders. »Signorina Malgara hat mir diesen Brief für dich mitgegeben«, sagt Fantinelli. Er legt ein weißes, leicht zerknautschtes Kuvert auf den Stapel unerledigter Ordner.

»Wann?« Roberto stellt fest, dass das seltsam knirschende Geräusch von seinen eigenen Zähnen kommt.

»Gerade eben. Warum? Ist etwas nicht in Ordnung?«, fragt Fantinelli.

»Danke – Davide«, antwortet Roberto. »Alles bestens.«

Fantinelli steht noch immer vor Robertos Schreibtisch. »Ich hab mit Tai-Chi begonnen«, sagt er. »Eine phantastische Sache.«

Roberto ist nicht im Mindesten daran interessiert, womit Fantinelli begonnen hat. Aber immerhin – der Mann hat ihm das Leben gerettet. Möglicherweise.

»Tai-Chi?«, fragt er also. »Was genau ist das?«

»Schwer zu erklären«, sagt Fantinelli. »Bewegungsabläufe, Übungen. Tatsache ist, man wird völlig ruhig davon. Solltest du vielleicht auch mal probieren.«

»Ich bin ruhig«, sagt Roberto. »Noch ruhiger und man nennt es Totenstarre.«

Fantinelli nickt, als würde Robertos Äußerung seine unausgesprochene düstere Diagnose nur bestätigen. »Der Kurs hat erst vor kurzem begonnen. Du kannst jederzeit noch einsteigen.«

Die Tür schließt sich hinter Fantinelli.

Tai-Chi!

Auf dem Kuvert, das Fantinelli abgegeben hat, stehen nur zwei Wörter: Comissario Gorin. Commissario mit nur einem m. Kein Absender. Roberto legt den Brief zur Seite. Eine Art Strafe. Glaub bloß nicht, dass du wichtig bist.

Roberto ruft im Krankenhaus San Giovanni e Paolo an, erreicht relativ schnell einen Arzt, fragt ihn nach Caterina Loredan. Die Antwort kommt knapp und unwillig. Alles unverändert. Nein, noch keine Möglichkeit, mit der Patientin zu reden.

Um halb elf dann eine Besprechung mit Piero Salmaso, Teresa Lucchesi und Davide Fantinelli.

Die letzten 24 Stunden waren relativ ruhig. Ein sieben- und ein neunjähriger Albaner wurden festgenommen, als sie durch ein winziges Dachfenster in einen Palazzo kletterten. Sie hatten 750 Euro bei sich. Nicht schlecht für zwei kleine Obdachlose. Nach den Eltern wird gesucht. Eine Sechzehnjährige mit Überdosis im Jugendzentrum, aber gerade noch gerettet. Ein Moldawier, der einer sich heftig wehrenden Frau die Handtasche entreißen wollte. Zwei Passanten hielten ihn fest, bis die Polizei kam. »Ziemlich ausweglos«, sagt Piero. »Sie werden von Menschenschmugglern nach Italien gebracht. Hier finden sie keine Arbeit, weil sie keine Aufenthaltsbewilligung haben. Zurück können sie auch nicht mehr. Das bisschen Geld, das sie hatten, haben schon die organisierten Schlepperbanden einkassiert, die für die illegale Einreise sorgen. An die müsste man rankommen.«

»Keine Chance«, sagt Fantinelli. »Die sind hervorragend organisiert. Keiner der Eingeschleusten kennt Namen oder Adressen. Selbst wenn sie wollten, könnten sie niemanden verraten.«

»Was geschieht mit den Albanerkindern?«, fragt Teresa. »Die Eltern werden sich ganz bestimmt nicht melden, weil sie illegal im Land sind. Und weil bekannt ist, dass die Kinder von den Erwachsenen zu den Diebstählen angehalten werden.«

»Jugendamt«, sagt Roberto knapp. »Die wissen

zwar auch nicht, was sie mit den Kindern tun sollen. Aber sie sind zuständig.«

Kurzes Schweigen. Wie immer, wenn es für ein Problem keine Lösung gibt.

»Wie geht es der kleinen Loredan?«, fragt Piero dann.

»Unverändert.« Roberto wiederholt, was ihm kurz zuvor der Arzt am Telefon gesagt hat. »Sie ist bei Bewusstsein. Spricht nicht. Isst nicht. Wird künstlich ernährt. Und bleibt vermutlich gelähmt.«

»War es denn nun ein Selbstmordversuch?« Piero hat zwei Söhne, einer davon etwa so alt wie Caterina Loredan.

»Vermutlich«, sagt Roberto. »Der Conte wünscht aber keine Ermittlungen.«

Wieder das Schweigen. Noch so ein *Niente-da-fare-*Schweigen.

Zurück in seinem Zimmer. Roberto öffnet den Brief. Ein kleiner Zettel, wie man sie aus Notizblöcken reißt. Ein einziger Satz, handgeschrieben in Blockbuchstaben:

GREGORIE VIERU
HA TROVATO LA RAGAZZA.

La ragazza? Ist damit Caterina Loredan gemeint? Es gibt derzeit nur ein junges Mädchen, das Robertos Gedanken beschäftigt. Aber weiß das der Briefschreiber? Und *ha trovato* – was ist damit gemeint? Hat sie getroffen oder hat sie gefunden? Das Italienische lässt beide Möglichkeiten zu. Und wer kann Gregorie

Vieru sein? Was ist das für ein Name? Albanisch? Rumänisch?

Roberto sucht in der Liste der internen Anschlüsse nach einem Namen, nimmt den Hörer und tippt die zweistellige Zahl. »Bossi? Hätten Sie einen Augenblick Zeit für mich?« Es war Roberto, der vor zwei Jahren den gesuchten Hacker überredet hat für die Polizei zu arbeiten. Im Gegenzug verschwand unauffällig die Anzeige gegen Bossi.

Bossis Piercings sind zahlreicher geworden. Auch sein Drachen-Tattoo hat Gesellschaft bekommen. Auf seinem rechten Unterarm breitet neuerdings ein Adler seine Schwingen aus. »Netter Vogel«, sagt Roberto und meint es.

»Danke«, antwortet Bossi. Genau so selbstverständlich, als hätte Roberto sich lobend über seine Krawatte geäußert.

Roberto hält ihm den Zettel mit der anonymen Botschaft entgegen. »Könnten Sie Ihren Computer interviewen? Vielleicht weiß er etwas über diesen Gregorie Vieru. Zumindest kann er uns doch bestimmt verraten, aus welchem Sprachraum der Name kommt.«

»Wird gemacht«, sagt Bossi fröhlich. Bossi ist meistens gut drauf. Vielleicht liegt's an den Piercings, denkt Roberto. Die sollen ja angeblich stimulierend sein. Oder daran, dass Computer doch die einfacheren Lebenspartner sind. Soviel er weiß, verbringt Bossi jede berufliche und freie Minute vor dem Bildschirm. Beziehung ersetzt er durch virtuelle Interaktion. Mangelnde Sonnenbräune durch Tattoos.

Bossi ist schon fast zur Tür draußen.

»Moment!«, sagt Roberto. »Wenn Sie schon dabei sind, könnten Sie auch etwas über die Familie Loredan herausfinden? Verwandtschaft, Skandale, Auffälliges.«

»Alles klar!« Bossi winkt mit geflügeltem Unterarm.

Roberto holt den Urlaubsplan aus dem internen Stapel und stellt fest, dass er vergessen hat, sich selbst einzutragen. Was würden Freud und die Dottoressa Brocca dazu sagen? Für welche Zeit hat Sandra das Haus im Valtellina gemietet?

Vergessen.

Roberto greift nach dem Hörer, wählt, wartet. Keine Sandra.

Dafür Piero an der Tür. »Der Pfarrer und der Mesner von Sant'Angelo Raffaele halten einen Mann fest, der sich in verdächtiger Weise einem Engel genähert hat!«

»Einem Engel genähert?«, wiederholt Roberto ratlos.

»Na du weißt schon – wie heißen diese fetten nackten Geflügelten?«

»Putti?«

»Genau! Könnte doch unser Gestörter sein. Kommst du mit?«

Roberto schüttelt den Kopf, setzt dazu an, etwas zu sagen, aber da ist Piero schon weg.

GREGORIE VIERU
HA TROVATO LA RAGAZZA.

Was bedeutet das? War es doch nicht dieser Gasparini, der das Mädchen gefunden hat, sondern ein gewisser Gregorie Vieru? Hat Caterina Loredan jemanden, der so hieß, in der Schule getroffen? Wem liegt daran, die Polizei zu informieren? Und warum anonym?

Roberto ruft in der Pförtnerloge an, lässt sich den Namen und die Privatnummer des Beamten geben, der Nachtdienst hatte. »Aber der schläft jetzt, Commissario«, merkt der Kollege an.

Nicht mehr lang, denkt Roberto und wählt die Nummer.

Eine Frauenstimme meldet sich. »Aber er schläft, Commissario«, sagt die Stimme bekümmert.

Roberto zählt langsam bis drei. »Es ist dringend, Signora«, sagt er dann so freundlich wie irgend möglich.

Es dauert ziemlich lange, bis sich eine verschlafene Stimme meldet. »*Pronto*?«

»Tut mir Leid, Sie zu stören«, fühlt sich Roberto verpflichtet zu sagen.

»Macht nichts«, sagt der Beamte. »Ich bin sowieso aufgewacht, weil das Telefon geläutet hat.«

Meint er das ernst oder strapaziert er einen uralten Scherz? Es bleibt still in der Leitung. Keine Fröhlichkeitsbekundung. Er meint es ernst.

»Hören Sie«, sagt Roberto, »dieser Brief, der für mich abgegeben wurde – wer hat ihn gebracht?«

»Niemand«, antwortet der Beamte.

Roberto holt tief Atem und zählt bis fünf. »Wie ist er dann zu Ihnen gekommen?«

»Keine Ahnung. Er lag einfach da.«

Roberto zählt noch einmal bis fünf. »Er lag wo?«

»Vor dem Fenster der Pförtnerloge. Keine Ahnung, wer ihn da hingelegt hat. Und wann. *Dio mio*, es war doch keine Briefbombe?«

»Nein, es war keine Briefbombe«, sagt Roberto. »*Bon dì.*«

»Sie wirken gestresst, Commissario«, sagt Bossi, der Robertos Anteil an dem Telefongespräch mitgehört hat. »Ich könnte Ihnen eine meiner Erfindungen überspielen.« Er deutet mit einer Kopfbewegung auf Robertos Laptop. »Geniales Computerspiel. ›Die Reise ins Labyrinth‹. Wenn Sie den Weg ins Zentrum geschafft haben, sind Sie die Ruhe selbst.«

»Gregorie Vieru«, sagt Roberto.

Bossi schüttelt den Kopf. »Ist nicht viel, was ich gefunden habe. Der Name ist moldawisch, so viel ist sicher. Aber sonst – absolut nichts. Ich tippe auf einen illegalen Einwanderer. Bei moldawischen Schleppern sind wir derzeit in Mode. Die Familie Loredan ist ergiebiger. Da ist vor allem der alte Conte, Alvise Loredan, muss hoch in den Achtzigern sein. Hält aber noch immer alle Fäden in der Hand. Man redet von Mafia-Verbindungen, aber das ist vielleicht nur ein Gerücht. Zwei Söhne. Der ältere: Marcello Loredan. Verwitwet. Eine Tochter, Caterina. Ihre Mutter, Cristina Loredan, ist vor fünf Jahren …«

»Ich weiß«, unterbricht Roberto. »Ich werde mir die alte Akte noch einmal ausheben lassen.«

»Gute Idee«, sagt Bossi. »War eine mehr als seltsame Sache, der Tod der Contessa. Dann ist da noch der jüngere Bruder, Benedetto Loredan, von Beruf Priester. Seine Pfarre ist draußen in San Francesco della Vigna. Alle anderen Loredans sind entferntere Verwandte.« Bossi blättert durch seine Ausdrucke. »Außerdem ist Marcello Loredan in ständiger Behandlung wegen einer Herzschwäche. Er nimmt regelmäßig ein Medikament, warten Sie, ich kann Ihnen sagen, welches …«

Roberto winkt ab. »Lassen Sie. Ist wahrscheinlich nicht von Bedeutung. Aber – was mir da auffällt – heißt das, ich kann mir kein Aspirin aus der Apotheke holen, ohne dass Ihr Computer das registriert?«

»Richtig. Sofern Sie Ihr Aspirin auf Grund eines ärztlichen Rezeptes beziehen.« Er runzelt die Stirn. »Aber Commissario – Sie wissen, ständig Schmerzmittel zu nehmen ist sehr bedenklich.«

Roberto rollt die Augen zur Decke. »Ich nehme keine Schmerzmittel, es war eine rein hypothetische Frage.«

»Das hoffe ich, Commissario.« Bossi wirkt ehrlich besorgt.

»Sie hätten Kindergärtner werden sollen«, brummt Roberto.

»Das hab ich auch mal überlegt«, sagt Bossi.

»Ach, darum haben Sie sich ein Bilderbuch auf die Arme tätowieren lassen«, grinst Roberto. »Noch einmal zu den Loredans. Weiß man etwas über das Verhältnis zwischen den beiden Brüdern – Marcello und Benedetto?«

»Sie stehen einander sehr nahe. Benedetto ist zehn

Jahre jünger als Marcello. Nach dem Tod der alten Contessa hat sich der ältere Bruder fast wie ein Vater um den jüngeren Bruder gekümmert«, sagt Bossi.

»Das weiß alles Ihr Computer?«, wundert sich Roberto.

»Er sammelt *Gazzettino*-Artikel nach Stichworten. Wenn ich will, übertrifft er jeden Hotelportier in Bezug auf Insiderwissen und Klatschgeschichten.«

Nachdem Bossi gegangen ist, versucht Roberto, die neuen Informationen einzuordnen. Er sieht den blassen, dunkelhaarigen, filmtauglichen Priester in der Halle des Palazzo Loredan vor sich. Der Bruder des Conte also. Caterinas Onkel. Ob er kooperativer wäre? Kann man es riskieren, ihn zu befragen?

Aber der Colonnello hat ausreichend deutlich gemacht, dass er hinsichtlich der Familie Loredan keine Ermittlungen wünscht.

Roberto denkt an Joe Leaphorn.

Am Vorabend hat er begonnen, den Krimi zu lesen, den ihm Chiara geschenkt hat. Es geht um alte Verbrechen, begangen an den Indianern des amerikanischen Südwestens. Und um neue Verbrechen, die versuchen Unrecht gegen Unrecht aufzurechnen. Der Kommissar in der Geschichte heißt Joe Leaphorn und ist Navajo. Wie er denkt, schlussfolgert und agiert, gefällt Roberto.

Würde Joe Leaphorn, der Navajo-Indianer, sich von Ermittlungen abhalten lassen, nur weil ein venezianischer Conte mit weit reichenden Verbindungen dagegen ist? Kaum. Allerdings dürften venezianische Grafen auch eher selten sein im Südwesten Amerikas.

Roberto starrt auf den Zettel.

GREGORIE VIERU
HA TROVATO LA RAGAZZA.

Nehmen wir an, mit »trovato« meint der anonyme Schreiber »gefunden«. Dann war es nicht Gasparini, der das Mädchen gefunden hat, sondern dieser Moldawier Gregorie Vieru. Das heißt, er muss in der Schule gewesen sein. Warum war er dort? Weil er gearbeitet hat. Illegal natürlich. Der schnelle Blick der beiden Bauarbeiter fällt ihm ein. Ein Puzzlestein rückt an seinen Platz.

Aber von dieser Geschichte lässt du auf der Stelle die Finger, hört Roberto den Colonnello sagen.

Sorry, Colonnello. Joe Leaphorn ist nicht so einfach von einer Fährte abzubringen.

Roberto kramt in seiner Jackentasche nach einem Zettel. Wählt eine Nummer. Verlangt nach Biello Dimitri. Die Sekretärin verleugnet den Chef erst, dann ist er plötzlich doch zu sprechen. Treffen um halb drei an der Baustelle gleich neben Santa Caterina. Was die Polizei von ihm will?, möchte Biello natürlich wissen. Roberto weicht aus. Nur ein paar Fragen. Routine.

Klang Biello beunruhigt?, überlegt Roberto, nachdem er aufgelegt hat. Nicht mehr als jeder andere auch, den die Polizei plötzlich dringend sprechen will.

Die Kirche Santa Caterina ist fast ganz draußen bei den Fondamente Nuove.

Roberto überlegt, ob er ein Boot der Linie 41 nehmen soll oder zu Fuß gehen.

Er sieht die *Cicheti*-Vitrine bei *Alberto* vor sich. Frittierte Zucchiniblüten, gefüllte gebackene Oliven, gebratene Sardinen mit Zwiebeln und *pignoli*. Der Weg von der Questura zu den Fondamente Nuove führt direkt an *Alberto* vorbei. Also zu Fuß, entscheidet Roberto.

Sein Magen knurrt Zustimmung.

10

Roberto hat nichts gegen Danny De Vito. Ganz im Gegenteil, er findet den quirligen kleinen Schauspieler ganz witzig. Aber dieser De-Vito-Klon mit dem blassgelben Helm ist ihm auf Anhieb unsympathisch. Erst brüllt er einen Arbeiter an und beginnt dann laut und wortreich mit einem etwas hilflos wirkenden Mann zu argumentieren, der immer wieder auf die Pläne in seinen Händen hinweist. Es ist sofort klar, dass diese Pläne nicht die geringste Chance haben.

Roberto steht im Schatten der Bauhütte und beobachtet Dimitrio Biello eine Weile. Einer der Arbeiter, der zu dem transportablen WC will, fragt misstrauisch: »Sie da – was wollen Sie?«

»Den Chef sprechen«, sagt Roberto.

»Keine gute Idee«, antwortet der Arbeiter. »Der hat heute schon zwei Tobsuchtsanfälle hinter sich.«

»Aller guten Dinge sind drei«, sagt Roberto. Die Antwort scheint dem Arbeiter zu gefallen. Er verschiebt den Besuch in dem giftgrünen Plastikcontainer und beobachtet, wie Roberto aus dem Schatten tritt und auf Biello zugeht.

Der Mann mit den Plänen ist inzwischen verschwunden.

»Sie sind das«, sagt Biello, nachdem Roberto seinen Namen genannt hat. »Und – was will die Polizei von mir?«

»Gregorie Vieru«, sagt Roberto.

»Klingt spanisch.«

»Falsch. Moldawisch.«

»Was wird das – eine Quizsendung?«, fragt Biello.

Oh ja, denkt Roberto. Und ich weiß auch schon, wer nicht gewinnt. Er lächelt. »Genau. Nächstes Stichwort im Quiz: *Fiamme gialle.*«

Jeder in Venedig weiß, dass die gelben Flammen das Zeichen der Finanzfahnder sind. Danny-Dimitrio weiß es auch. Roberto kann das an seiner Gesichtsfarbe erkennen, die unter der Bräune um ein paar Schattierungen heller wird.

»Was wollen Sie damit sagen?«, fragt er.

»Ich will damit Folgendes sagen«, erklärt Roberto. »Sie haben zwei Möglichkeiten: Entweder Sie schaffen mir Gregorie Vieru herbei oder die *guarda di finanza* nimmt Ihre Firma so genau unter die Lupe, dass sie von jedem *centesimo* erfährt, der hinter den Schreibtisch Ihrer Sekretärin gerollt ist.«

Biello scheint dieses Versprechen zu bedenken. »Man gibt diesen Leuten aus purer Nächstenliebe Arbeit und hat dann nichts als Scherereien«, sagt er dann.

»Ihre so genannte Nächstenliebe geht aber nicht so weit, dass Sie den Illegalen die vorgeschriebenen Mindestlöhne zahlen – oder?«, fragt Roberto.

Statt einer Antwort nimmt Biello sein *telefonino* aus der Jackentasche und bellt irgendjemanden an, der nicht verstehen will, warum Gregorie Vieru zur Santa-Caterina-Baustelle kommen soll. »Zehn Minuten, sonst bist du deinen Job los«, sagt er als Beendigung des Gesprächs.

»Vieru war es, der das Mädchen gefunden hat – nicht wahr?«, fragt Roberto.

Biello nickt. »Gasparini hat ihn weggeschickt, weil er wusste, dass die Polizei auftauchen würde.«

Großartig, denkt Roberto, jetzt schiebt er die Verantwortung auch noch auf seinen Arbeiter. »Ich bin sicher, er hat Sie vorher angerufen.« Das ist keine Frage, sondern eine Feststellung.

Biello zuckt mit den Schultern. »Vieru kann Ihnen auch nicht mehr sagen als Gasparini und Menin.«

»Das will ich lieber selbst beurteilen«, sagt Roberto. »Im Übrigen haben Sie polizeiliche Ermittlungen behindert. Gregorie Vieru kann ein wichtiger Zeuge sein.«

Biello gewinnt langsam seine Selbstsicherheit zurück. »Es war doch eindeutig ein Selbstmordversuch. Wieso interessiert sich die Polizei dafür?«

Ja, wieso?, denkt Roberto. Weil ich das Gefühl habe, dass da irgendetwas nicht stimmt. Weil ich dieses Bild nicht loswerde, wie sie da auf dem trockenen Gras lag. Weil ich nun einmal dazu da bin, herauszufinden, warum Dinge geschehen. Weil ich Antworten will. Natürlich sagt er nichts davon. »Wir haben unsere Gründe.« Ein Klischeesatz. Aber gut genug für Biello.

»Ausgerechnet meine Baustelle muss sie sich aussuchen«, murrt Biello.

»Rücksichtslos, in der Tat.« Robertos Ironie prallt an Biello ab. Wieder einer, den es überhaupt nicht interessiert, ob das Mädchen überlebt hat. Aber Gleichgültigkeit ist nicht strafbar.

Biello hat ganz andere Sorgen. »Was geschieht jetzt mit Vieru? Er ist ein guter Arbeiter. Versteht sein Handwerk. Ausgesprochen schwer, ihn zu ersetzen.«

»Illegale Beschäftigung interessiert mich nicht«, sagt Roberto. »Ich habe ein paar Fragen an ihn – das ist alles.«

»Sie melden ihn nicht der Einwanderungsbehörde?«

Roberto antwortet nicht. Er agiert da in einer Grauzone. Und dass er sich in dieser Grauzone auch noch in Gesellschaft Biellos befindet, gefällt ihm ganz und gar nicht.

»Da ist er schon«, sagt Biello.

Der junge Mann, der auf sie zukommt, trägt einen ehemals dunkelblauen Arbeitsoverall. Jetzt ist das Blau ausgebleicht von vielen Stunden an der Sonne. Der Mann stutzt plötzlich, bleibt stehen. Nichts zu machen, denkt Roberto. Man sieht mir den Polizisten an, als hätte ich die kugelsichere Weste mit der Aufschrift *POLIZIA* an. Vieru schaut sich um, als würde er nach einem Fluchtweg suchen. Großartig, denkt Roberto. Gleich werde ich in der Mittagshitze hinter einem wesentlich Jüngeren herhetzen. Und selbstverständlich keine Chance haben, ihn zu erwischen.

Aber Vieru überlegt es sich anders. Geht weiter auf sie zu. Gut so, mein Junge, denkt Roberto erleichtert. Das erspart uns beiden eine Menge Ärger.

Biello will etwas sagen, aber Roberto bringt ihn mit einer Handbewegung zum Schweigen.

»Gregorie Vieru?«, fragt Roberto.

Der andere nickt.

»Gorin. *Polizia.*« Roberto streckt ihm die Hand entgegen. Vieru nimmt sie zögernd, lässt sie sofort wieder los, als hätte er Angst, sich zu infizieren.

»Gehen wir ein paar Schritte«, sagt Roberto.

»Brauchen Sie mich noch?«, fragt Biello.

»Ich weiß ja, wo ich Sie erreichen kann«, antwortet Roberto.

Sie biegen in die Calle Lunga Santa Caterina ein. Niemand ist unterwegs. Wer kann, hält Siesta.

Vieru beginnt zu sprechen, ohne dass Roberto eine Frage gestellt hätte. Das Italienisch des Moldawiers ist überraschend gut. »Ich war draußen beim Boot. Sollte etwas holen. Da hab ich sie gesehen. Sie ist auf das Tor der Schule zugegangen. Was macht sie da?, hab ich gedacht. Sind doch Ferien. Sie hat mich angesehen, aber nicht gesehen, wenn Sie wissen, was ich meine.«

Drogen?, denkt Roberto. Waren Drogen im Spiel? Er nimmt sich vor, die Ärzte danach zu fragen.

»Dann hab ich die Wasserwaage genommen und bin zurück«, sagt Vieru. »Da war sie schon in der Halle. Ist langsam gegangen, wie die Leute, die schlafen, aber herumgehen.«

»*Come una sonnambula*«, hilft Roberto aus.

»Genau so«, nickt Vieru. »Sie muss meine Schritte gehört haben, aber sie hat sich nicht nach mir umgedreht. Ist links die Treppe hinaufgegangen.«

Roberto wartet. Manchmal ist es besser, den Leuten Zeit zu lassen für ihre Erzählung. Vieru schweigt. Also fragt Roberto dann doch. »Sie sind ihr nachgegangen?«

Vieru schüttelt den Kopf. »Die Kollegen haben doch gewartet.«

»Richtig – auf die Wasserwaage«, sagt Roberto. »Haben Sie den beiden von dem Mädchen erzählt?«

Vieru schüttelt den Kopf. »Ich wollte. Aber sie stritten gerade, ob man besser in der Palanca-Bar isst oder bei den Quattro Ferri.«

»Und?«, fragt Roberto.

»Sie einigten sich auf die Palanca-Bar.«

»Kluge Entscheidung«, sagt Roberto. »Aber eigentlich wollte ich wissen, wie es weiterging. Wie kam es dazu, dass Sie das Mädchen fanden? Der Turnsaal, der renoviert wird, liegt doch im Erdgeschoss.«

»Ich hatte das Mädchen vergessen. Hab mir in der San-Trovaso-Bar ein *panino* besorgt. Als ich zurückkam, fiel mir das Mädchen wieder ein. Ich ging die linke Treppe hoch. Im ersten und zweiten Stock war nichts. Im dritten dann diese Tür, die nicht ganz zu war. Ich ging hinein. Das Zimmer war leer, das Fenster weit offen. Ich wollte es schließen. Und dann – dann hab ich sie da liegen gesehen.«

Sagt er die Wahrheit?, überlegt Roberto. Oder ist Vieru dem Mädchen gefolgt und hat sie in das leere Klassenzimmer gedrängt? Hat er sie sexuell belästigt und sie ist aus Angst gesprungen? Oder verdankt ihm Caterina Loredan vielleicht sogar ihr Leben, weil er sie rechtzeitig fand?

Roberto ist stehen geblieben und schaut in das Gesicht Vierus. Angst ist da zu sehen. Aber das ist nicht ungewöhnlich für jemanden ohne Arbeits- und Aufenthaltsgenehmigung.

»Wie geht es dem Mädchen?«, fragt Vieru leise.

Endlich jemand, der das wissen will, denkt Roberto. Aber will er es aus Mitgefühl wissen oder weil er Angst davor hat, sie könnte gegen ihn aussagen?

»Sie lebt«, sagt Roberto und beobachtet Vierus Gesicht. Ein schnelles Aufleuchten in den Augen, ein Lächeln der Erleichterung. Wenn das gespielt ist, gehört der Mann nach Hollywood, denkt Roberto.

»Was wird jetzt mit mir?«, fragt Vieru.

Roberto antwortet nicht sofort. In Gedanken zieht er Bilanz: Der Vater Caterinas besteht darauf, dass es ein Unfall war. Die Psychiaterin hält einen Selbstmordversuch für wahrscheinlich. Und mein Vorgesetzter ist überhaupt dagegen, dass ich mich um die Sache kümmere. Irgendwann wird das Mädchen ja wohl reden, dann werden wir mehr wissen.

Vieru steht da und wartet auf Antwort.

»Haben Sie vor, Italien in der nächsten Zeit zu verlassen?«, fragt Roberto schließlich.

Der andere lacht unfroh auf. »Wissen Sie, wie viel ich den Schleppern dafür bezahlt habe, dass sie mich in dieses Land bringen? Ich gehe nur wieder, wenn man mich abschiebt. Zu Hause wartet meine Familie auf das Geld, das ich hier verdiene.«

»Wenn Ihnen noch irgendetwas einfällt ...« Roberto gibt dem Moldawier seine Karte.

»Ich kann gehen?«, fragt Vieru ungläubig. »Einfach so?«

»Einfach so«, nickt Roberto und wendet sich Richtung Fondamente Nuove.

Come una sonnambula, denkt er, während er zur *Vaporetto*-Station geht. Schlafwandlerin in einem Albtraum. Aber ein Aufwachen ist nicht in Sicht.

11

Zurück in der Questura. Roberto greift nach dem Telefonhörer, wählt die Nummer des Krankenhauses und verlangt nach Caterina Loredans behandelndem Arzt. Es dauert eine ganze Weil, ehe sich eine sehr unwillige Stimme mit »Dottor Minelli« meldet.

Roberto stellt seine Frage.

Die Stimme wird noch eine Nuance unwilliger. »Ich habe strengste Anweisung, keinerlei Auskünfte zu geben.«

Roberto legt wortlos auf, wählt die Nummer von Rigutto, dem Pathologen.

»Was?«, fragt Rigutto entsetzt, als er hört, was Roberto von ihm erwartet. »Ich kann mich nicht nach Befunden von lebenden Patienten erkundigen. Wie schaut denn das aus? Wer nicht tot ist, geht mich nichts an. So ist das nun mal.«

»Ich verstehe«, sagt Roberto resigniert.

Rigutto seufzt. »Aber ich habe einen Freund in der Chirurgie, der könnte vielleicht …«

»Ich wäre dir sehr dankbar«, sagt Roberto.

»Versprechen kann ich allerdings nichts«, brummt Rigutto, ehe er auflegt.

Urlaubslisten. Spesenabrechnungen. Anfragen von Kollegen aus Padua und Treviso. Berichte für den Colonnello. Nach einer Stunde hat Roberto das Gefühl, seine Zeit mit völlig unnützen Dingen vergeudet zu haben. Er wählt Pieros Nummer. Vielleicht hat wenigstens einer von uns ein Erfolgserlebnis, denkt er. Schon an der Art, wie Piero sich am Telefon meldet, kann Roberto hören, dass ihn alles andere als eine Erfolgsmeldung erwartet.

»Fehlanzeige«, sagt Piero. »Der Mann in der Sant'-Angelo-Raffaelo-Kirche war ein deutscher Kunstprofessor. Er hatte sogar ein Schreiben unseres Kulturstadtrates dabei.«

»Und kein Werkzeug?«, fragt Roberto. »Auch Kunstprofessoren können durchdrehen.«

»Nicht einmal ein Taschenmesser«, antwortet Piero. »Sein Interesse an dem Engel war offensichtlich nicht hysterisch, sondern historisch.«

Roberto denkt an sein Gespräch mit der Dottoressa Brocca. »Vielleicht hat unser Gestörter ja mittlerweile mit einer Therapie begonnen«, sagt er, »und das Problem löst sich von selbst.«

»Vielleicht fahren Fische Fahrrad.« Piero klingt frustriert. »Der Kunstprofessor will sich übrigens beim Kulturstadtrat über uns beschweren. Im Augenblick fühle ich mich wie ein Tourist in Venedig. Nichts als Sackgassen.«

»Willkommen im Club«, sagt Roberto und legt auf.

Heute, denkt er, heute bin ich aber rechtzeitig zu Hause. Er versucht sich zu erinnern, was Sandra an kulinarischen Verlockungen angekündigt hat. Es fällt ihm nicht ein. Er wählt seine eigene Nummer – niemand meldet sich. Sie wird wohl schnell noch etwas einkaufen. Oder sie erwartet Samuele an der *Vaporetto*-Station Palanca.

Roberto ist schon an der Tür, als das Telefon läutet. Es ist Rigutto. »Der Drogentest war negativ«, sagt er ohne irgendeine Begrüßung. »Keine erlaubten und erst recht keine unerlaubten Drogen. Sie hat also bestimmt nicht angenommen, dass sie fliegen kann. Hilft dir das weiter?«

»Ja«, sagt Roberto. »Das schließt zumindest eine der Theorien aus. Vielen Dank, Giampiero.«

»Kein Problem. Also dann – ich muss wieder an die Arbeit, sonst beschweren sich noch meine Patienten.«

Roberto legt auf und denkt an Riguttos Patienten, die mit einem so genannten Leichenbegleitschein an der großen Zehe in ihren Kühlfächern liegen. Ihn fröstelt. Kälte hat manchmal erstaunlich wenig mit objektiven Temperaturen zu tun.

Vom Boot aus versucht er noch einmal zu Hause anzurufen. Wieder keine Antwort. Als er die Wohnungstür aufsperrt, weiß er sofort, dass niemand da ist. Kein Geschirrklappern aus der Küche, kein Fernsehton aus Samueles Zimmer. Keine Duftmischung, die Hinweise auf das abendliche Menü gibt. Auf dem Tisch ein Zettel: »Sind im Kultursaal. *Scaloppine* im Kühlschrank.«

Roberto hat keine Lust auf einsame Kalbsschnitzel, auch wenn sie bestimmt sehr zart und in Weißwein gedünstet sind. Er gießt sich ein Glas Mineralwasser ein und holt ein paar Grissini aus der Packung. Seine Stimmung schwankt zwischen Schuldgefühl und Selbstmitleid. Das Schuldgefühl ist schon nach wenigen Minuten stärker. Natürlich hat er wieder einmal vergessen, dass in dem kleinen Mehrzweckraum, der sich Kultursaal nennt, Samueles Fotoausstellung vorbereitet werden soll. Die Digitalkamera war ein Geschenk zu Samueles achtzehntem Geburtstag. Schnell wurde klar, dass Samueles Sicht Venedigs überaus ungewöhnlich war. Weder architektonische Kostbarkeiten interessierten ihn noch die Vielfalt der Boote. Weder Spiegelungen im Wasser der Kanäle noch die Sonnenaufgänge über San Giorgio Maggiore. Stattdessen fotografierte er den zerbrochenen Regenschirm, der nach dem Unwetter in einem Winkel liegen blieb. Einen Haufen Hundekot, der provokant mitten auf einer schön geschwungenen Marmortreppe lag. Eine Möwe, die einen Berg von Abfallsäcken nach Brauchbarem durchsuchte. Das Komitee, das über Ausstellungstermine entscheidet, war begeistert. »Sehr expressiv«, meinte einer der Sachverständigen.

Heldenhaft widersteht Roberto der Versuchung, seinen Trainingsanzug anzuziehen, die Beine hochzulegen und Genaueres über das Fußballspiel Inter gegen Juventus herauszufinden. Er wird sich jetzt und sofort um die Fotoausstellung seines Sohnes kümmern.

Das scheitert dann zwar daran, dass Sandra und Samuele bereits auf dem Rückweg sind, als er sie auf dem Ponte Piccolo trifft. Aber immerhin – sie essen gemeinsam Eis in der *Pasticceria*, Samuele erzählt Unzusammenhängendes und ist sichtlich voll Vorfreude auf den Beginn seiner künstlerischen Karriere.

Anschließend wärmt Sandra die *scaloppine* für Roberto auf, isst selbst noch etwas Salat, und Samuele sieht seine Lieblingssendung, *Kommissar Rex*, die Serie, die in Wien spielt und mit einem Schäferhund als Hauptdarsteller punktet.

Noch später liest Roberto dann weiter seinen Krimi und bewundert die Scharfsinnigkeit Joe Leaphorns. Außerdem lernt er bei der Gelegenheit, dass die Navajos einander mit »Ya-ta-hej« begrüßen und männliche Stammesmitglieder respektvoll mit »Hosteen« angesprochen werden.

Im Traum trägt der Colonnello eine Federkrone und Kriegsbemalung, während Roberto einen eben dingfest gemachten Verbrecher lustvoll an den Marterpfahl bindet.

Der Anruf kommt um zehn Minuten vor vier, wie Roberto mit einem verschlafenen Blick auf den Wecker feststellt. Und es ist nicht Robertos *telefonino*, sondern das Festnetztelefon, das läutet.

Sandra hat den Hörer schon am Ohr, als Roberto sich ächzend im Bett aufsetzt. Schon nach ihren ersten kurzen Antworten weiß Roberto, dass etwas nicht in Ordnung ist. Ganz und gar nicht in Ordnung. Sie legt den Hörer auf und starrt Roberto nur an.

»Sag schon!«, drängt Roberto. Er ist froh, dass Samuele sicher in seinem Bett liegt.

»Das war Neris«, sagt Sandra.

»Was will mein Bruder um diese Zeit von uns?«, fragt Roberto.

»Chiara«, sagt Sandra. »Man hat sie verhaftet. In New Mexico.«

»Du meine Güte.« Jetzt ist auch Roberto hellwach. »Doch nicht irgendwas mit Drogen?«

»Nein«, sagt Sandra. »Es geht nicht um Drogen. Die Anklage lautet auf Mord.«

12

Wenig später sitzen Chiaras Eltern mit Sandra und Roberto um den Küchentisch. Robertos Bruder umklammert die dickwandige Espressotasse. »Ich konnte nicht lange mit ihr reden. Ihr Freund Luca ist tot. Abgestürzt von irgendwelchen Klippen mit Wohnhöhlen. Und offenbar glaubt die Polizei, dass Chiara was damit zu tun hat. So ein Irrsinn!«

»Also geht es um einen Unfall mit Todesfolge«, sagt Roberto hoffnungsvoll.

Sein Bruder schüttelt den Kopf. »Vorsätzlicher Mord. Das ist es, was sie ihr vorwerfen.«

Das Wort »Mord« hängt im Raum wie etwas Giftiges, das man besser nicht einatmet. Und ich hab nicht mehr mit ihr geredet, am Tag bevor sie abgeflogen ist, denkt Roberto. Vielleicht wollte sie mir irgendetwas sagen, hat einen Rat gebraucht. Zumindest hätte ich ihr Glück wünschen müssen, wie sonst auch immer, wenn sie wegfährt. Gleichzeitig schüttelt er den Kopf über diese abergläubischen Gedanken.

»Haben die dort in New Mexico ...«, Chiaras Mutter schluckt, redet dann mühsam weiter, »... die Todesstrafe?«

Roberto versucht so sachlich wie möglich zu antworten. »Ja. Aber seit Beginn dieses Jahres nicht mehr für Minderjährige.«

»Bis dahin haben sie dort auch Minderjährige von Gesetz wegen umgebracht?«, fragt Sandra entsetzt.

Roberto nickt. Er möchte gern etwas sagen, das den Schrecken des Gesagten etwas abschwächt, aber es fällt ihm nichts ein.

»Wir müssen sofort dorthin«, sagt Chiaras Mutter.

Neris schüttelt den Kopf. »Es darf nur einer aus der Familie zu ihr.« Er schaut Roberto an. »Und Chiara will, dass du kommst.«

»Sie wird einen Anwalt brauchen«, überlegt Chiaras Mutter laut. »Wenn wir das Lokal zusperren, können wir uns das niemals leisten.«

Das könnt ihr euch auch so niemals leisten, denkt Roberto, der John Grisham gelesen hat.

Neris' Blick hat Roberto keinen Augenblick losgelassen. »Sie glaubt, dass du der Einzige bist, der ihr helfen kann.«

»Ich?« Roberto sieht enge Sitzreihen vor sich, Mahlzeiten, die in Plastikcontainern serviert werden, Kaffeetassen, die in Turbulenzen abstürzen.

»Ich kann nicht fliegen«, sagt er.

»Das brauchst du auch nicht, dafür haben Fluglinien extra ausgebildete Piloten.« Das ist eine typische Neris-Antwort.

»Samueles Fotoausstellung«, argumentiert Roberto. »Die Eröffnung ist am kommenden Samstag.«

»Sonntag«, korrigiert Sandra. »Samuele wird es verstehen. Du weißt, wie vernarrt er in Chiara ist.«

»Chiara braucht dich«, sagt Chiaras Mutter.

»Ich kann nicht einmal besonders gut Englisch«, beharrt Roberto.

»Du liest englische Bücher«, sagt Sandra.

»Es ist Urlaubszeit. Ich kann mir nicht vorstellen, dass der Colonnello einverstanden ist.«

»Ich kümmere mich um dein Flugticket«, sagt Neris.

»Selbstverständlich fliegst du«, sagt der Colonnello. »Was gibt's da zu überlegen? Eine Venezianerin, noch dazu deine Nichte, braucht unsere Hilfe in einem Rechtssystem, das ich für mehr als bedenklich halte.«

»Wir sind mitten in der Urlaubszeit und haben sowieso schon zu wenig Leute«, sagt Roberto.

»Das ist mein Text«, antwortet der Colonnello. »Deiner wäre der Onkel-Text: Nichts kann mich aufhalten und so weiter. Außerdem – es war schon lange nicht so ruhig in Venedig.«

»Und der Tote, den sie gestern bei Celestia aus dem Wasser gefischt haben?«

»Vermutlich Selbstmord.« Der Colonnello blättert flüchtig durch einige Papiere auf seinem Schreibtisch.

»Aber der Tote hatte ein Seil um den Hals geknotet«, widerspricht Roberto.

Achselzucken des Colonnello. »Wer weiß schon, was in Selbstmördern vorgeht. Aber wir kümmern uns drum. Es wird schon irgendeine Erklärung geben.« Langer prüfender Blick auf Roberto. »Ich versteh dich überhaupt nicht – es geht immerhin um deine Nichte!«

Ja, denkt Roberto. Eben. Emotional involviert nennt man das. Man könnte auch sagen, dass ich eine Scheißangst vor der Verantwortung habe. »Sie werden mich nicht als Kollegen akzeptieren«, sagt er. »Warum sollten sie mit mir zusammenarbeiten wollen?«

»Santa Fe, hast du gesagt?«, fragt der Colonnello. »Ich denke, da kann ich ein paar Fäden ziehen. Ich habe voriges Jahr mit einem Polizeiobersten aus Santa Fe ein Turnier gespielt.«

»Ist Golf eigentlich ein Sport oder eine Art internationale Verschwörung?«, fragt Roberto.

»Das verstehst du nicht«, sagt der Colonnello freundlich.

Während Roberto an seinem Schreibtisch sitzt und noch schnell ein paar Berichte unterschreibt, wird ihm langsam klar, dass er demnächst, eingezwängt in einen viel zu engen Sitz, einen Plastikcontainer nach Genießbarem untersuchen und seinen Kaffee nicht in der Palanca-Bar trinken wird, sondern in Luftlöchern. Dann sieht er Chiaras Gesicht vor sich. Aber es wird sofort überlagert von dem Bild Caterina Loredans, wie sie auf dem vertrockneten Rasen des Schulhofs liegt.

Seltsam, denkt er irritiert. Im Abstand von wenigen Tagen zwei gleichartige Unfälle. Beide Opfer aus derselben Schule. Sie müssen einander gekannt haben. Ein Zufall? Oder ist die Lösung für den ersten Fall dort zu suchen, wo Chiaras Freund Luca starb?

13

Sie haben Glück«, sagt Professore Gastaldi, der Schuldirektor. Er klingt nicht eben glücklich darüber, dass Roberto ihn an seiner Privatadresse aufgespürt hat. »Ein Tag später und ich wäre schon in meinem Ferienhaus in Feltre.«

Roberto murmelt etwas, das als Entschuldigung aufgefasst werden könnte. Warum muss ich mich eigentlich dauernd dafür entschuldigen, dass ich meinen Job tue?, denkt er.

Der Schuldirektor führt Roberto in einen kleinen Raum, der aussieht, als wäre er von einer Bücherinvasion nach kurzem, aber heftigem Kampf in Besitz genommen worden. Bücher in Selbstbauregalen an den Wänden und auf dem Schreibtisch. Bücher auf den beiden Thonetstühlen und auf dem Fensterbrett. Stapel von Büchern auf dem Boden. Zum Angriff bereite, aufgeschlagene Bücher.

Professore Gastaldi nimmt die Bücher von den beiden Sitzgelegenheiten, findet einen Platz auf dem Boden für sie und deutet auf einen der beiden Stühle. Er setzt sich auf den anderen, springt aber sofort wieder auf. »Kann ich Ihnen etwas zu trinken anbieten?«

Roberto setzt sich vorsichtig. Der Thonetstuhl protestiert ächzend. Er ist offensichtlich nur an Bücher gewöhnt. »Danke, nein, ich werde Sie auch nicht lange aufhalten.«

Gastaldi fährt sich mit einer nervösen Handbewegung über die stoppelbärtige Wange. Auf seiner Stirn stehen kleine Schweißperlen, obwohl es in der Wohnung angenehm kühl ist. »Sie kommen vermutlich wegen des bedauerlichen Unfalls in der Schule.«

»Sie meinen Caterina Loredan? Nein. Aber es hat leider schon wieder einen bedauerlichen Unfall gegeben«, sagt Roberto. »In New Mexico. Und diesmal glaubt man nicht an einen Unfall.« Er erzählt das Wenige, das er über den Tod von Chiaras Freund weiß.

Gastaldi schüttelt immer wieder den Kopf. »Unfassbar«, sagt er mehrmals hintereinander. »Ich beneide den Kollegen nicht, der mit der Gruppe in Santa Fe ist.«

Roberto denkt flüchtig, dass der Tote und die Mordverdächtige vielleicht noch weniger zu beneiden sind, aber er sagt nichts. Er braucht einen kooperativen Gesprächspartner. »Bleiben wir gleich bei diesem Kollegen«, sagt er. »Ich würde gern so viel wie möglich über ihn erfahren.«

»Lorenzo Girotti.« Die Hände des Schuldirektors ordnen einen Bücherstapel auf dem Schreibtisch neben ihm. »Er ist einer der beliebtesten Kollegen an der Schule. Jung – Anfang dreißig. Unterrichtet Geschichte und Sozialkunde. Wird von den Mädchen angehimmelt.«

»Und er?«, fragt Roberto. »Himmelt er zurück?«

Der geordnete Bücherstapel wird umgeordnet. »Ich denke, er wird sich hüten. Jedenfalls sind mir nie irgendwelche Unkorrektheiten zur Kenntnis gekommen.«

Roberto macht eine Notiz auf seinem kleinen Block. »Und die Schüler – wie viele sind es eigentlich?«

»Fünf«, sagt Gastaldi. »Die fünf besten in dem Projektworkshop. Zwei Mädchen, drei Jungs. Da ist Chiara Gorin –«

»Ich kenne sie«, unterbricht Roberto. »Sie ist meine Nichte. Aber es würde mich trotzdem interessieren, wie Sie sie einschätzen.«

»Sehr verschlossen …«

Was?, denkt Roberto. Unsere fröhliche, begeisterungsfähige Chiara?

»… äußerst ehrgeizig …«

Was heißt ehrgeizig? Sie ist einfach intelligent!

»… kann Misserfolge sehr schwer akzeptieren.«

Redet er wirklich von Chiara? Dem unkompliziertesten Mädchen, das man sich vorstellen kann?

Als Professore Gastaldi fertig ist mit seinen Beschreibungen, hat Roberto zwei Seiten Notizen gemacht. »Sie sind ein ziemlich guter Beobachter von seelischen Vorgängen«, sagt er.

»Ich habe außer Philosophie auch Psychologie studiert«, antwortet Gastaldi. »Und am Unterrichten hat mich das Vermitteln von Wissen immer am wenigsten interessiert.«

Roberto überfliegt die Stichworte auf seinem

Block, dann schaut er Gastaldi an, schätzt sein Alter. »Waren wir seinerzeit in diesem Alter auch so kompliziert?«

»Ja«, sagt Gastaldi. »Die meisten unserer seelischen Probleme hatten wir damals schon. Verstärkt durch die Belastung, die das Erwachsenwerden mit sich bringt. Die finanzielle Unselbstständigkeit. Die fehlende Erfahrung. Nur ein Beispiel: Wenn Sie dreißig sind, können Sie vermutlich zu Ihrer Homosexualität stehen. Aber sagen Sie mal mit siebzehn Ihrer entsetzten Mama, dass sie verliebt sind. Nur leider nicht in ein Mädchen.«

Gastaldi wirkt jetzt ruhig. Die anfängliche Nervosität ist verschwunden. Die adrenalintreibende Wirkung des Wortes *polizia* abgeklungen.

»Sind eigentlich alle fünf gute Schüler?«, fragt Roberto.

»Sehr gute sogar«, antwortet Gastaldi. »Nein, warten Sie, alle bis auf Luca. Der hat sich in diesem Workshop zum ersten Mal hervorgetan. Ansonsten ist er – das heißt: war er – eher unterer Durchschnitt. Soweit man das nach der kurzen Zeit sagen kann.«

»Er war neu an der Schule?«

Gastaldi nickt. »Kam vom Festland. Mestre, glaub ich.«

»Gibt es am *Liceo Marco Polo* irgendein Problem mit Drogen?«, fragt Roberto.

»Für mich gibt es null Toleranz bei Drogen«, sagt Gastaldi energisch. »Wer an unserer Schule bleiben will, lässt die Finger davon. Gibt es Grund zur Annahme, dass ...«

»Bei Caterina war der Drogentest negativ«, beruhigt ihn Roberto. »Hat sie übrigens auch an diesem Projekt-Wettbewerb teilgenommen? Wollte sie nach New Mexico?«

Gastaldi sieht Roberto überrascht an. »Ich denke nicht. Soviel ich gehört habe, liegt ihre Stärke mehr im Künstlerischen. Jedenfalls war sie nicht unter denen, die sich qualifiziert haben.«

»Sie ist also keine gute Schülerin?«, fragt Roberto.

»Ich unterrichte sie nicht. Aber ich glaube mich zu erinnern, dass einer der Kollegen sich über ein bedenkliches Nachlassen ihrer Leistungen beklagt hat. Warum wollen Sie das wissen? Sehen Sie denn einen Zusammenhang zwischen Luca und Caterina?«

»Sie etwa nicht?«, fragt Roberto zurück. »Zwei Schüler derselben Schule haben dieselbe Art von – sagen wir mal – Unfall. Caterina überlebt wie durch ein Wunder. Bei Luca macht das Wunder Pause.«

»Solche Zufälle gibt es«, sagt Gastaldi.

»Ich glaube nicht an Zufälle«, antwortet Roberto.

14

Roberto denkt an die Hochglanzinserate diverser Fluglinien, in denen ein glücklich lächelnder Reisender entspannt per Laptop seine Umsätze checkt, während er ein Gläschen Champagner schlürft und das Lächeln der bildschönen Flugbegleiterin erwidert.

Im wirklichen Leben hat Roberto die Nackenstütze des Vordermanns fast unterm Kinn, kann seinerseits den Sitz nicht weiter zurückstellen, weil hinter ihm eine Mutter mit Kleinkind sitzt und eine streng blickende Uniformierte ihn gebeten hat, den Bewegungsraum des Kindes nicht weiter einzuschränken.

Das Essen unter der Plastikhaube hat er gegen besseres Wissen auf Kommando seines verzweifelten Magens zu sich genommen. Undefinierbares Fleisch (Truthahn? Kalb? Huhn?) in einer suspekten Sauce, schlapper Salat, dem durch einige Trauben Exotik verliehen werden sollte. Dann eine Nachspeise, die sich hochtrabend *Tiramisu* nannte, was übersetzt »Zieh mich hinauf« bedeutet. In der Fluglinienversion hatte sie eine eher gegenteilige Wirkung auf Roberto.

Mit einiger Mühe gelingt es ihm, die Notizen aus

seiner Jackentasche zu ziehen, die er bei seinem Gespräch mit Gastaldi gemacht hat.

Lorenzo Girotti, der Lehrer. Anfang dreißig, attraktiv, beliebt. Vor allem bei den Mädchen. Unterrichtet Geschichte und Sozialkunde.

Chiara Gorin. Sechzehn. Eine andere Chiara, als er sie kennt. Ehrgeizig, kann nicht mit Misserfolgen umgehen.

Bruna Pedretti. Ebenfalls sechzehn. Stark übergewichtig. Essstörung! Leidet darunter. Keine Freunde – jedenfalls nicht an der Schule.

Luca Pizzini. Der Tote. Achtzehn. Gut aussehend. Starkes Geltungsbedürfnis. Kam erst vor kurzem an die Schule.

Fabio Taliani. Siebzehn. Hoch begabt. Sehr groß, sehr dünn (noch eine Essstörung?). Selbstwertprobleme?

Daniele Versace. Achtzehn. Nicht verwandt mit dem Modehaus. Vater ein bekannter Anwalt. Gut aussehend, trotzdem Einzelgänger. Warum?

Alle, bis auf den Toten, sind überdurchschnittlich gute Schüler.

So weit die Notizen.

Und alle fünf waren noch in Venedig, als Caterina Loredan aus dem dritten Stock der Schule fiel, denkt Roberto. Aber das war ja auf Anweisung des Conte Loredan ein Unfall. Montagnachmittag Caterina Loredan. Mittwochabend Luca Pizzini. Nach italienischer Zeit war das um vier Uhr früh.

Roberto ist durstig, versucht, die Aufmerksamkeit der strengen Stewardess auf sich zu lenken.

Sie übersieht ihn gekonnt.

Ein Mädchen im orangeroten Gefängnisoverall kommt auf ihn zu. Sie ist an den Händen mit Handschellen und an den Füßen mit schweren Ketten gefesselt, kann wegen der Ketten nur kleine Schritte machen. Mit jedem Schritt dieses schreckliche metallische Scheppern. Sie hat den Kopf gesenkt, sodass die blonden Haare ihr Gesicht verdecken. Fliegen denn Gefängnisinsassen einfach so mit den anderen Passagieren? Muss man eine zierliche Person wirklich so aufwändig fesseln? Das Mädchen hebt plötzlich den Kopf und Roberto erkennt Chiara. Wieso ist sie hier in diesem Flugzeug? Er schreckt hoch, stellt fest, dass er eingeschlafen ist und seinen Angsttraum in die Realität des Fliegens versetzt hat.

Sein Mund ist trocken. Angst vor dem, was ihn in Santa Fe erwartet oder nur die trockene Luft in der Kabine? Vermutlich beides.

Die Flugbegleiter schieben einen Wagen durch den engen Gang und bieten Getränke an. Endlich. Roberto verlangt Mineralwasser. Vielleicht träum ich ja noch immer, denkt er. Demnächst wache ich neben Sandra auf und erzähle ihr, dass ich einen Albtraum hatte. Von Chiara, die in New Mexico ihren Freund von irgendwelchen Klippen gestoßen haben soll.

Falls es nur ein Traum ist, so geht er jedenfalls weiter. Der Flugkapitän teilt mit heiterer Stimme mit, dass man demnächst durch eine Schlechtwetterzone fliegen wird und dass es vermutlich ein wenig *bumpy* werden wird.

Die nächsten zehn Minuten verbringt Roberto damit, sich darüber zu wundern, dass sein Magen offenbar seinen angestammten Platz verlassen kann, um kurzfristig zwischen den Ohren zu parken. Seltsamerweise empfindet er weder Angst noch Übelkeit. Nur die Spielchen der Schwerkraft beschäftigen ihn. Und der Gedanke, ob wohl hoffentlich das Kind hinter ihm nicht zur Reisekrankheit neigt.

Zwar kotzt es ihm nicht in den Nacken, brüllt ihm dafür aber ins rechte Ohr. Roberto will aufstehen und seinen Gehörnerven eine kurze Erholung gönnen, wird aber von der Strengen energisch daran gehindert. »*Would you please keep seated and fasten your seat belt!*«

Das wird alles unglaublich komisch klingen, wenn ich es irgendwann erzähle, denkt er. Aber im Augenblick ist mir der Sinn für Humor gründlich abhanden gekommen.

Nach Durchquerung der Schlechtwetterzone bekommt er ein Formular zum Ausfüllen, in dem er gefragt wird, ob er regelmäßig illegale Drogen nimmt, vorbestraft ist und vorhat, nach seiner Ankunft in den Vereinigten Staaten terroristische Anschläge zu begehen. Man stelle sich Terroristen vor – in diesem Widerstreit zwischen Wahrheitsliebe und fanatischem Sendungsbewusstsein! Kopfschüttelnd füllt Roberto das Formular aus. Ha! Auch das werde ich vielleicht irgendwann komisch finden, denkt er.

Zwischenlandung in Atlanta, Georgia. Aus nicht ersichtlichen Gründen muss er seinen Koffer vom Förderband holen und sich samt Gepäck beim *Immigration*-Schalter anstellen. Vor ihm eine sehr lange

Menschenschlange. Zwei Stunden Zeit bis zu seinem Anschlussflug. Müsste klappen.

Irgendwann steht er dann an dem Schalter. Eine gelangweilte, dunkelhäutige Frau mit Hornbrille blättert in seinem Reisepass, fragt ihn nach dem Grund seiner Reise. Oh, nichts weiter, ist er versucht zu antworten. Ich habe da bloß eine Nichte in Santa Fe, die unter Mordanklage steht. Er sagt es nicht. Er sagt: Verwandtenbesuch. Was auch nicht gelogen ist. Die Hornbrille ist zufrieden.

Was haben die 9/11-Attentäter eigentlich bei ihrer Einreise in die Vereinigten Staaten gesagt?

Er erreicht seinen Anschlussflug. Aber knapp. Denn das Gepäck muss erneut eingecheckt werden. Dann eine weitere Sicherheitskontrolle. Schuhe ausziehen, zusammen mit Kleingeld und Wohnungsschlüsseln in einen Behälter. Der Metalldetektor schrillt trotzdem. Die Gürtelschnalle. Gürtel weg – zu den anderen Sachen. Jetzt ist der Detektor zufrieden.

Schuhe anziehen, Gürtel in die Schlaufen fädeln. Verdammt, ich bin zu dick. Ein hastiger Blick auf die Uhr. Wo, zum Teufel, ist Gate 21? Wieder ist da dieses Gefühl, sich in einem absurden Traum verirrt zu haben.

Im Flugzeug nach Albuquerque verteilen die Flugbegleiter kleine Beutel mit Salzbrezeln und Softdrinks. Mineralwasser ist aus, als der Getränkewagen bei Roberto ankommt. Also gut – Diätcola.

Statt *cicheti* und *ombra* – Salzbrezeln und Diätcola.

Goodbye, Venice. Hello, America.

Roberto seufzt.

15

Der Mann trägt einen hellen geflochtenen Strohhut mit breiter Krempe und einen Anzug, der es an Zerknautschtheit durchaus mit Columbos Trenchcoat aufnehmen kann. In der Hand hält er ein Schild mit der Aufschrift: »Gorin, Venice«.

Roberto geht auf ihn zu und spürt, wie soeben alle Englischvokabeln seinen Gedächtnisspeicher verlassen.

»Gorin«, sagt er deshalb knapper als gewollt.

»Oh.« Zusammenfassender Blick über Robertos Fülle. »*Nice to meet you.*« Der Zerknautschte stopft das Schild in einen Abfallkorb und reicht Roberto die Hand. »Ben Tibbs. Wie war Ihr Flug?«

Nicht eine einzige der Antworten, die Roberto auf diese Frage geben möchte, fällt ihm auf Englisch ein. »Okay«, antwortet er daher.

»Sie haben Gepäck?«, fragt Tibbs.

Roberto nickt. »Einen Koffer.«

»Dann wollen wir mal sehen, ob er mit Ihnen gelandet ist. Soll manchmal vorkommen.« Kurzes Lachen. Tibbs geht voraus zu dem Förderband, auf dem eben die ersten Gepäckstücke ausgespuckt werden.

Ist der Mann Polizist? Geheimagent? Ein Anwalt? Der geheimnisvolle Golfpartner?

Du wirst am Flughafen abgeholt, hat der Colonnello nur zu Roberto gesagt.

Stummes Warten. Der Koffer poltert auf das Förderband.

Roberto folgt Tibbs, der mit raschen Schritten vorausgeht. Die Buntheit hier fällt auf. Ein Restaurant. Tische und Stühle in knalligen Farben mit wildem Zackenmuster. Vitrinen an den Wänden. Teppiche, Silberschmuck, Lederjacken im Trapperstil.

»*Southwestern style*«, sagt Tibbs über die Schulter. »Sie werden noch viel davon zu sehen kriegen.«

Ich bin nicht als Tourist gekommen, denkt Roberto.

Kein Polizeiauto vor dem Flughafengebäude, sondern ein alter Lexus in der Tiefgarage. Kein Blaulicht, das bei Bedarf auf dem Wagendach angebracht werden kann. Kein Funk. Also wenn der Zerknautschte Geheimagent ist, dann ein sehr geheimer.

Wortlos steuert Tibbs durch das Straßengewirr. Als echter Venezianer fühlt sich Roberto in dieser hektischen Vielspurigkeit verunsichert. Highway North, liest er auf einer grünen Tafel. Santa Fe. Taos.

Riesige Laster mit viel Chrom und langen Kühlerhauben. Große Limousinen. Es ist deutlich zu sehen, dass hier Benzin immer noch vergleichsweise billig ist.

Hügel auf beiden Seiten des Highway, bewachsen mit kleinen kugeligen Büschen. Manche grün, viele braun. Hellrote rissige Erde.

»Wir hatten seit sieben Wochen keinen Regen«, sagt Tibbs. »Wird Zeit, dass die *native people* mit ihren Regentänzen beginnen.«

»Das hilft?«, fragt Roberto.

Schulterzucken. »Wer weiß das schon so genau.«

Roberto deutet zu den dramatischen weißen Wolkenfetzen auf dem blassblauen Himmel. »Und das?«

»Nichts als Folklore«, sagt Tibbs. »New Mexico ist berühmt für seine Wolkenstimmungen. Regenwolken sehen anders aus.«

Ebene jetzt, wohin man schaut. Gelbe Erde, auch sie mit grünen und braunen Tupfen. Mittendrin das schwarze Band des Highway.

Don't litter, sagen Plakate in regelmäßigen Abständen. Trotzdem liegen Getränkedosen und Flaschen am Straßenrand.

Sichtbare Gedankenlosigkeit im Vordergrund. Endlosigkeit, wenn man darüber hinwegsieht. Nirgendwo stößt der Blick auf Hindernisse. Endlose Erde, endloser Himmel.

»Ihr habt mehr Himmel als wir«, sagt Roberto.

»*Land of Enchantment*«, antwortet Tibbs lächelnd. »Steht auf allen unseren Nummernschildern. Muss also stimmen.«

Robertos Bewusstsein landet aus der Unendlichkeit wieder im Hier und Jetzt. »Sind Sie Polizist?«, fragt er.

»Seh ich so aus?« Deutliches Entsetzen in Tibbs' Stimme. »Nein – ich bin ...« Kurzes Zögern. »... ein *shrink.*«

»Psychiater?« Roberto ist seinen englischen Kriminalromanen dankbar. *Shrinks* kommen häufig vor. »Und Sie arbeiten für ...«

»Die NASA. Meistens jedenfalls.«

Die Sache wird immer mysteriöser, denkt Roberto. Wieso wird er von einem Psychiater abgeholt, der für die Raumfahrtbehörde arbeitet? Laut sagt er: »Was genau macht ein NASA-Psychiater? Den Astronauten die Flugangst nehmen? Sie von der Idee abbringen, dass sie UFOs gesehen haben?«

Tibbs lacht keineswegs. »Sie sind näher dran, als Sie glauben«, sagt er. »Immerhin sind wir in New Mexico. Sie wissen Bescheid über den Roswell-Zwischenfall?«

Roberto nickt. Er hat über das UFO gelesen, das bei Roswell abgestürzt sein soll. Mit mehreren Außerirdischen an Bord. Angeblich hat die amerikanische Regierung alles vertuscht.

»Das ist lange her«, sagt Roberto.

»Ja«, antwortet Tibbs. »Roswell war 1947.«

Roberto wartet auf eine weitere Erklärung. Sie kommt nicht. Also fragt er. »Ich bin aber kein Astronaut. Auch kein Außerirdischer. Warum haben Sie mich am Flughafen erwartet?«

»Ich war der einzige Freiwillige«, lächelt Tibbs.

»Aber wieso Sie – ein Psychiater?«

»Manchmal wünscht die Polizei meine Meinung zu einem Fall«, sagt Tibbs. »Vor allem, wenn politische Probleme zu erwarten sind.«

»Politische Probleme?«, wiederholt Roberto ratlos.

»Das Opfer ist Italiener. Die Verdächtige auch. Unsere Jungs im Irak haben erst vor relativ kurzer Zeit einen italienischen Geheimagenten erschossen. Der Fall Calipari – Sie erinnern sich?«

Roberto nickt. Natürlich erinnert er sich daran, dass bei der Befreiung einer italienischen Journalistin alles Mögliche schief gelaufen ist. Dass amerikanische Soldaten an einem Checkpoint die Nerven verloren haben. Dass sie erst schossen und dann fragten. Da war aber die befreite Journalistin schon schwer verletzt und der Geheimpolizist Calipari tot.

»Nicht genug damit, haben die Jungs vom CIA aus Mailand einen verdächtigen Moslem entführt. Ohne die italienischen Behörden darüber zu informieren. Die schalten jetzt auf stur und haben einen Haftbefehl gegen dreizehn CIA-Agenten erlassen. Gar nicht gut für die bilateralen Beziehungen.«

Roberto nickt wieder. Er hat sowohl die *Gazzettino*-Artikel als auch die interne Mitteilung gelesen. Was das alles mit Chiara zu tun haben soll, ist ihm allerdings schleierhaft.

»Man will keine weitere Verstimmung zwischen Italien und den USA riskieren«, sagt Tibbs. »Daher die Bereitschaft, Sie einzubeziehen. Schließlich sind wir *brothers in arms*.«

Waffenbrüder, denkt Roberto. Das fehlt mir gerade noch. Da kommt man als Onkel und eventuell noch als Polizist nach Amerika und dann sitzt man plötzlich als ganz Italien auf dem Beifahrersitz eines alten Lexus. Neben einem vermutlichen Anhänger des Irakkriegs und der Bush-Regierung.

»Kürzlich war Bush hier bei uns im Südwesten«, sagt Tibbs.

Na bitte, denkt Roberto. Da haben wir's. Und der Mann ist psychologischer Sachverständiger in Chiaras Fall.

»Der Präsident hielt eine Rede vor einer Versammlung von Navajos«, fährt Tibbs fort. »Über die Neuerungen, die er vorhat, um das Leben der Indianer in den Reservaten zu verbessern. Über die brüderliche Verbundenheit, die er mit ihnen fühlt. Über eine gemeinsame Zukunft, Seite an Seite mit den *Native Americans*. Es war eine sehr gefühlvolle Rede. Anschließend verliehen die Stammesältesten dem Präsidenten den Indianernamen *Walking Eagle*. Bush war sehr geschmeichelt.«

Roberto starrt stumm auf den Highway. *Walking Eagle!* Muss er jetzt beeindruckt sein? Tibbs redet schon weiter.

»Nachdem der Präsident weg war, fragte ein Journalist die Stammesältesten, was *Walking Eagle* zu bedeuten habe. Ganz einfach, sagte einer der Navajos. *Walking Eagle* ist ein Vogel so *full of shit*, dass er nicht mehr fliegen kann.«

Es dauert eine Weile, bis Roberto in Tibbs' Lachen einstimmt. Noch während er lacht, fühlt er sich schuldig. Er ist nicht gekommen, um sich hier über Bush-Anekdoten zu amüsieren. Aber immerhin – es stehen keine unvereinbaren politischen Ansichten zwischen ihm und Tibbs. Das wird helfen. »Kennen Sie die Fakten im Fall Luca Pizzini?«, fragt er.

»Die Fakten?« Tibbs denkt kurz nach. »Die Fakten sind die: Am Vierzehnten dieses Monats sind die ersten Besucher der Nizhoni Cliff Dwellings zwei ältere

Engländerinnen. Eine der beiden geht voraus und stößt einen Entsetzensschrei aus. Tief unten auf dem verbrannten Gras des Canyons liegt eine leblose Gestalt. Die beiden alten Damen verständigen den Park-Ranger. Der ruft die Ambulanz und den zuständigen Polizisten. Der Notarzt stellt den Tod des jungen Mannes fest und datiert ihn auf zwölf Stunden früher. Also etwa halb acht am Vorabend. Plus/minus Korrektur durch den Gerichtsmediziner. Officer Luis Baca von der *Tribal Police* beginnt mit den Ermittlungen.«

»*Tribal Police*?«

»Die Cliff Dwellings liegen im Reservat der Cochiti-Indianer. Alle Reservate haben ihre eigene Polizei und Gerichtsbarkeit«, erklärt Tibbs. »Der Tote hat einen Ausweis bei sich. Also steht sehr schnell fest, dass er zu der italienischen Gruppe gehört, die im Nizhoni-Gästehaus wohnt. An dem Punkt ...«

»Nizhoni?«, unterbricht ihn Roberto. »Was heißt das eigentlich?«

»Das ist aus der Sprache der Navajos und heißt ›der gute Weg‹. Leider hat der junge Italiener keinen guten Weg hinunter in den Canyon genommen. Höchstens einen schnellen. Jedenfalls: Als die Nationalität des Toten feststeht, kommt die Politik ins Spiel. Zwei FBI-Leute tauchen auf und erklären den Fall zu einer *federal investigation*. Luis Baca von der *Tribal Police* muss den Fall abgeben.«

»Keine Zusammenarbeit?«, fragt Roberto.

Tibbs schüttelt den Kopf. »Zu verschieden. Die Arbeitsweise. Die Art zu denken. Luis Baca scheint der

Meinung zu sein, dass die Geister der Anasazi ihre Behausungen gegen die Invasion von Touristen verteidigen.«

Schon wieder ein Begriff, der Roberto fremd ist. »Wer sind die Anasazi?«

»Anasazi ist Navajo und heißt *ancient ones*. Ihre Geschichte reicht mehr als siebentausend Jahre zurück. Sie waren erst Nomaden und wurden dann sesshaft. In ebendiesen Cliff Dwellings, von denen es in der Four-Corners-Region einige gibt. In Colorado, New Mexico, Utah und Arizona. Die Anasazi entwickelten ein beachtliches Geschick darin, diese steilen Sandsteinklippen zu vielstöckigen Behausungen auszubauen. Kühlräume und komfortable Terrassen inbegriffen. Außerdem waren sie begnadete Töpfer, Korbflechter und Schmuckdesigner. Türkise sind ja hier in der Gegend reichlich zu finden. Sie züchteten Geflügel, bauten Mais, Bohnen und alles mögliche andere an und erfanden ein sehr gut funktionierendes Bewässerungssystem. Warum sie von der Bildfläche verschwanden, darüber streiten die Gelehrten. Die einen plädieren für schreckliche Dürrejahre und darauf folgende Hungersnot. Andere wieder sind davon überzeugt, dass sie sich gegenseitig ausgerottet haben. Stammeskriege. Nach jüngsten Funden waren sie außerdem Kannibalen. Das lag aber vielleicht schon daran, dass Nahrung knapp wurde. Was isst man nicht alles, wenn man hungrig ist.«

»Und dieser Luis Baca ist der Meinung, dass die Anasazi irgendwelche Geister gegen Besucher mobilisieren? Spirituelle Rausschmeißer sozusagen?«, fragt Roberto nachdenklich. Ihm ist jede Spur recht, sofern sie Chiara entlastet.

Tibbs nickt. »Etwas in der Art. Das erheitert die *guys* vom FBI natürlich.«

»Und wie denken Sie darüber?«, will Roberto wissen.

»Ich kenne Luis Baca. Ich weiß, dass er ein erfahrener Polizist ist und kein Dummkopf. Er sagt so was nicht ohne Grund.«

»Und warum verdächtigt man Chiara? Sie ist übrigens meine Nichte.«

»Ist bekannt«, nickt Tibbs. »Die Rauchzeichen zwischen Venedig und Santa Fe funktionieren ausgezeichnet.«

Tibbs überholt eben ein komplettes Haus mit Veranda und Vorhängen an den Fenstern. »Übersiedlung auf Amerikanisch. Dir gefällt die Gegend nicht mehr? Nimm dein Haus und geh!« Tibbs deutet auf den Tieflaster. »Ihre Nichte lügt«, sagt er nach einer kleinen Pause.

Schon wieder etwas Neues, das ich über Chiara erfahre, denkt Roberto.

»Sie sagt, es gab keinen Streit zwischen ihr und dem Toten. Aber wir haben einen Zeugen für eine heftige Auseinandersetzung. Sie behauptet, sie hätte an dem Abend das Gästehaus nicht verlassen, aber jemand hat sie auf dem Weg zu den Cliff Dwellings gesehen und wiedererkannt. Ein Mann, der mit seinen beiden Hunden spazieren war. Außerdem hielt der Tote etwas in seiner rechten Hand. Es war der Schal Ihrer Nichte. Da drängt sich natürlich ein Bild auf.

Der Junge wird gestoßen, er versucht, sich an etwas festzuhalten, greift nach ihrem Schal und –« Tibbs beendet den Satz nicht. Muss er auch nicht.

Roberto spürt etwas wie Übelkeit aufsteigen. Da ist wieder diese Angst, zu versagen. Oder ist es die Angst, hier in New Mexico etwas zu finden, was er nicht wahrhaben will?

Da ist noch etwas, das Roberto nicht begreift. »Der Tote lag die ganze Nacht im Canyon? Hat man denn nicht nach ihm gesucht? War er von seiner Gruppe vermisst gemeldet?«

Tibbs schüttelt den Kopf. »Sein Zimmerkollege – so ein langer, dünner ...«

Roberto erinnert sich an seine Notizen. »Fabio Taliani.«

»Richtig«, nickt Tibbs. »Also der sagt aus, dass Luca für den Abend eine Verabredung hatte. Er machte sich weiter keine Gedanken und ging seelenruhig schlafen. Der andere, der noch im selben Zimmer schlief, so ein gut aussehender Dunkelhaariger, der bestätigte das Ganze.«

»Aber am Morgen, als er merkte, dass Luca die ganze Nacht weg war?«

»Da sagten die beiden Zimmerkollegen noch immer nichts, weil sie den anderen schützen wollten. Die betreffende Verabredung war nämlich amouröser Natur«, sagt Tibbs. »Und alle wussten davon.«

»Und mit wem Luca verabredet war, das wussten auch alle?«, fragt Roberto ahnungsvoll.

»Ja«, nickt Tibbs. »Das wussten sie auch.« Kleine Pause. »Mit Ihrer Nichte.«

»Und was sagt Chiara?«

»Nichts. Nachdem man sie dem Zeugen gegenübergestellt hatte, der sie in der Nähe der Cliff Dwellings gesehen hatte, sagte sie gar nichts mehr.«

»Haben Sie mit ihr gesprochen?«, fragt Roberto.

»So kann man es nicht ausdrücken«, sagt Tibbs. »Ich habe gesprochen und sie hat nicht geantwortet. Außer mit ihrem *zio* Roberto will sie mit niemandem reden.«

Roberto stellt die Frage nicht gern, aber er muss wissen, woran er ist. »Glauben Sie, dass sie es getan hat?«

Tibbs sieht ihn kurz an, schaut dann wieder auf die Straße. »Dann hätte ich mich nicht freiwillig gemeldet, einen ihrer Verwandten am Flughafen abzuholen.«

Roberto ist erleichtert. Er kann jeden Verbündeten brauchen, den er kriegen kann. »Aber warum hat sie gelogen?«, fragt er mehr sich selbst als sonst jemanden.

»Ja – warum?«, sagt Tibbs.

16

Das *Land of Enchantment* spielt alle seine dramatischen Trümpfe aus. Roberto hat die Abendstimmungen in Venedig immer für unvergleichlich gehalten. Gegen das Furioso an Farben, das sich hier auf einem Himmel ohne Grenzen ereignet, verblassen Turners Sonnenuntergänge und die rosafarbenen Tiepolo-Wolken. Sie sind vom Highway abgebogen und fahren auf einer Staubstraße, die dieser Bezeichnung mehr als gerecht wird. Sieben Wochen kein Regen. Trotzdem diese lebendige Vielfarbigkeit. Manche der niedrigen Gewächse im gelblichen Sand nehmen die Farben des Abends auf und leuchten violett. Dazwischen stehen Pflanzen mit Blättern in staubigem Steingrün. Salbei vielleicht? Ab und zu das Gelb von Ginster, der sich auch durch lange Trockenheit nicht vom Blühen abhalten lässt. Kakteen strecken stachlige Arme gegen den Abendhimmel oder tragen dunkelpurpurfarbene Früchte auf runden Ohren. Sehr pittoresk. Wie im Kino.

Links eine lang gestreckte dunkle Steinformation. »Interessante Petroglyphen«, sagt Tibbs. »Manche davon sind wirkliche Kunstwerke. Lohnt sich, sie anzuschauen. Aber nicht jetzt am Abend – Klapperschlangen mögen keine späten Besucher.«

Ein seltsames Heulen lässt Roberto aufhorchen.

»Kojoten«, sagt Tibbs. »Viel besser als ihr Ruf. Sehr sozial.«

Wüste, Klapperschlangen, Kojoten ... Fehlt nur noch ein unerschrockener Sheriff auf der Jagd nach Bankräubern, denkt Roberto.

Einige niedrige Gebäude tauchen vor ihnen auf. Rötliche Farbe, wie man sie auch an Häusern in Venedig findet. Aber weiche, abgerundete Formen, keine Ecken oder Kanten. Keine sichtbaren Dächer. »Adobe«, sagt Tibbs. »Der Baustil der Pueblo-Indianer. Im Original strohverstärkte Erdziegel mit einem Lehmverputz. Das Gästehaus hier ist allerdings *Fake*-Adobe. Aber immer noch besser als manche Selbstverwirklichungsversuche moderner Architekten.«

Tibbs parkt neben einigen anderen Fahrzeugen. »Ein Zimmer für Sie ist bestellt. Abendessen gibt es auch. Ich hoffe, Sie essen gern scharf.«

»Wann kann ich zu Chiara?«, fragt Roberto.

»Morgen«, sagt Tibbs. »Ich komm Sie um elf abholen. Erst mal zur *crime scene*, dann zur *Youth Correction Facility* in Santa Fe.«

Das Wort »Gefängnis« hat er gekonnt vermieden.

Roberto sieht zu, wie Tibbs in einer gelblichen Staubwolke verschwindet. Er fühlt sich hilflos. Nicht sein Land, nicht seine Sprache, nicht sein Einflussbereich. Ein Cop auf fremdem Terrain. Ein Fisch auf dem Trockenen.

Dann steht plötzlich Terence Hill mit blitzblauen

Augen neben ihm, greift nach dem Koffer und sagt in weichem Venezianisch: »Lassen Sie mich das machen.«

Roberto geht neben dem braun gebrannten Blonden zum blau gestrichenen Eingangstor, über dem »Nizhoni Guest House« steht.

Und ich bin Bud Spencer, denkt Roberto.

Terence Hill stellt den Koffer ab, streckt ihm die Hand entgegen. »Lorenzo Girotti«, sagt er.

Der Lehrer also. Geschichte und Soziologie. Kein Wunder, dass die Schülerinnen ihn cool finden, wie man es heutzutage vermutlich ausdrückt.

»Wollen Sie etwas essen?«, fragt Girotti.

Ich kann nichts essen, sagt Robertos Gefühl. Selbstverständlich können wir, protestiert sein Magen. »Ja, gern«, hört Roberto sich sagen.

Gemäßigter *southwestern style* im Speisesaal. Sehr schöne gewebte Teppiche an den Wänden. Stilisierte Adler auf den bunten *table mats*. Roberto studiert die ebenfalls sehr bunte Speisekarte.

»Bohnen drin, Chili drauf«, sagt Girotti. »Ziemlich egal, was Sie bestellen.«

Roberto entscheidet sich für etwas, das sich *burrito* nennt.

»Wie wollen Sie Ihr Chili?«, fragt das Mädchen, das die Bestellung aufnimmt. Hellolivær Teint, lange dunkle Haare. Augen wie die Lagune bei Neumond. Die perfekte Besetzung für Winnetous Schwester.

»*Christmas style*«, antwortet Girotti für Roberto. Die Dunkelhaarige lächelt ihn an, er strahlt zurück. Der blondblauäugige Charme scheint nicht nur auf venezianische Schülerinnen zu wirken.

»Dann kriegen Sie beide Sorten Chili«, erklärt Girotti. »Rot und Grün. Wein gibt's übrigens nicht, Bier auch nicht. Wir sind hier in einem Indianerreservat. Kein Alkohol. Ganz streng. Nicht einmal im Kofferraum darf man eine Flasche Wein oder eine volle Bierdose dabeihaben. Die *Tribal Police* kontrolliert das manchmal.«

Tribal Police ... Roberto denkt flüchtig an Officer Baca, den man von dem Fall abgezogen hat. Der an die Rache der Anasazi-Geister glaubt.

Dann isst er seine sehr scharfen Burritos und trinkt größere Mengen Mineralwasser dazu.

Girotti redet.

Die *ragazzi* sind unterwegs, erzählt er. Mit einem einheimischen Führer. In Pecos, einem teilweise erstaunlich gut erhaltenen Pueblo. Hat keinen Sinn, wenn sie nur herumsitzen und über das Furchtbare nachdenken. Hilft keinem. Oder? Kann sein, dass sie erst sehr spät zurückkommen.

Roberto isst, hört zu und versucht, diesen Lehrer irgendwo einzuordnen. Spielt er eine Rolle in dem Drama? Nichts deutet derzeit darauf hin. Aber da ist dieses Gefühl, das Roberto von vielen anderen Gelegenheiten kennt. Eine Art Alarmsignal, das ihn aufmerksam werden lässt. Weiß Girotti überhaupt schon von Caterina Loredan? Er fragt ihn.

»Was?« Girotti starrt ihn entsetzt an. »Aus dem dritten Stock der Schule? Was hat sie in den Ferien überhaupt dort gewollt? Ist sie schwer verletzt?«

Entsetzen und Überraschung scheinen echt.

Roberto berichtet, was er weiß.

Girotti schüttelt den Kopf. »Besser, wir behalten das mit Caterina im Augenblick noch für uns. Es haben schon alle genug damit zu tun, die Sache mit Luca zu verkraften. Und damit, dass Chiara verdächtigt wird. Ist natürlich absoluter Unsinn. Ausgerechnet Chiara. Sie ist so …« Er sucht hörbar nach Worten. »So hilfsbereit, offen, intelligent, aber nicht nur im üblichen Sinn, sondern auch auf einer emotionalen Ebene. Eine Ausnahmeerscheinung, ja, absolut.«

Roberto hört zu. Beobachtet die Körpersprache. Versucht, Ungesagtes wahrzunehmen. Schon wieder ein völlig anderes Bild Chiaras. Irgendwo zwischen der Lügnerin und mutmaßlichen Mörderin und der fehlerlosen Ausnahmeerscheinung, wie Girotti sie beschreibt, wird ja wohl die Chiara zu finden sein, die er kennt, seit sie ihm als brüllender Winzling hinter dem Glasfenster im *Ospedale Civile* gezeigt wurde.

»Wollen Sie heute Abend noch mit unseren *ragazzi* reden?«, fragt Girotti. »Wenn sie von Pecos zurückkommen?«

»Nein«, sagt Roberto. »Die werden müde sein und ich bin es auch. Aber ein gemeinsames Frühstück um acht wäre gut. Und dann hätte ich gerne einen Raum, wo ich mit jedem allein sprechen kann.«

»Kein Problem«, nickt Girotti. Er deutet mit dem Kopf in die Richtung der Dunkelhaarigen, die vorhin Robertos Bestellung aufgenommen hat und jetzt eben draußen am Empfang nach dem Telefonhörer greift. »Marge führt dieses Gästehaus hier und sie ist sehr hilfsbereit.«

Davon bin ich überzeugt, denkt Roberto.

17

Robertos Ohren wachen zuerst auf. Ungewohnte Geräusche. Ein seltsam flirrender Ton vom offenen Fenster. Rufe in einer ungewohnten Sprache. Venedig ist das nicht. Venedig klingt anders.

Die Erinnerung. Der Flug, die Fahrt von Albuquerque nach Santa Fe, Tibbs. Das Gespräch mit Girotti. Chiara.

Blick auf den Reisewecker. Gestern Abend auf Ortszeit umgestellt. Halb sieben.

Der Koffer ist noch nicht ausgepackt.

Roberto steht auf, geht zum Fenster und entdeckt die Ursache für das hohe, flirrende Geräusch. An den Ästen des Baumes vor seinem Fenster hängen durchsichtige Behälter, gefüllt mit einer hellen Flüssigkeit. Winzige Vögel mit langen dünnen Schnäbeln umschwirren sie. Ein Futterplatz für Kolibris. Roberto sieht zu, wie die bunt gefiederten Winzlinge trinken. Sandra wäre begeistert. Sie fehlt ihm. Jetzt schon.

Er duscht, zieht frische Sachen an, setzt sich an den kleinen Tisch, liest noch einmal, was ihm der Schuldirektor über die fünf *ragazzi* und den Lehrer gesagt hat. Ab und zu ergänzt er etwas.

Chiara kennt er. Oder etwa doch nicht? Warum hat sie gelogen?

Lorenzo Girotti, den Lehrer, hat er mittlerweile getroffen. Was ist von ihm zu halten? Roberto weiß es nicht. Das Alarmsignal. Bedeutet es etwas?

Luca Pizzini. Ihn wird er nicht mehr kennen lernen. Hat der Autopsiebericht etwas von Bedeutung ergeben? Spuren eines Kampfes vielleicht? Kam der Stoß überraschend? Genauere Todeszeit?

Fehlen noch Bruna Pedretti, die Übergewichtige. Fabio Taliani, der Hochbegabte. Daniele Versace, der Einzelgänger.

Und dann ist da wieder das Bild von Caterina Loredan. Wie passt sie in dieses verwirrende Durcheinander? Unfall, Zufall, Mordfall? Das Einfachste wären zwei Unfälle. Nur Opfer. Schlimm genug. Aber wenigstens keine Täter.

Aber einfach ist es nie. Das hat Roberto im Lauf der Jahre gelernt.

Der Reisewecker zeigt halb acht. Auch gut, denkt Roberto, dann bin ich eben der Erste beim Frühstück.

Er ist keineswegs der Erste. Die italienische Gruppe sitzt vollzählig an einem Tisch im Speisesaal. Gemurmelte Unterhaltung, die abrupt endet, als Roberto auftaucht.

Botticelli-Gesicht mit Figurproblem: »*Ciao*, Bruna.«

Eins neunzig, blass, bebrillt: »*Ciao*, Fabio.«

»Und du bist Daniele, nicht wahr?«, sagt Roberto zu dem Dunkelhaarigen mit den wachen Augen.

Händeschütteln mit Girotti. Er sieht auch bei Tageslicht beneidenswert gut aus. Braun gebrannt, blitzblauäugig, Haare in der Farbe von Wüstensand. Lachfalten.

Diesmal ist es eine ältere korpulente Frau mit dunkler Haut, die an ihren Tisch kommt, um die Bestellungen aufzunehmen. »Die Leute hier essen schon zum Frühstück Burritos mit Bohnen und Chili«, sagt Girotti. »Wir konnten uns nicht daran gewöhnen.«

Also Kaffee, *muffins, pancakes, waffles.*

Der Kaffee ist für italienischen Geschmack kaum trinkbar. Aber Robertos Waffeln mit Blaubeeren und Ahornsirup lassen ihn einige genussvolle Bissen lang den unerfreulichen Anlass seiner Reise vergessen.

Sie frühstücken schweigend. Die Stimmung ist gedrückt, der Appetit bestens.

Das Leben setzt sich durch, denkt Roberto.

»Im Nebengebäude ist eine kleine Bibliothek«, sagt Girotti. »Dort werden Sie ungestört sein, meint Marge.«

Alle scheinen bereits zu wissen, dass Roberto mit ihnen reden will. Einzeln. *A quattr'occhi.*

»Wer macht den Anfang?«, fragt Roberto.

»Okay«, sagt Bruna achselzuckend. »Aber es gibt nicht viel zu sagen.«

Dann sitzt sie ihm gegenüber in diesem hellen, freundlichen Raum mit Blick auf einen begrünten Innenhof. Im Wind flirrende silberne Blätter vor einem der Fenster. Dahinter die Wüste New Mexicos. Bücher an den Wänden in blaugrün gestrichenen Holzregalen. Gerahmte Fotos von bizarren Felsformationen. Lehnstühle, die Roberto stilmäßig in die frühe

Trapper- und Fallenstellerzeit einordnet. Verhör im *southwestern style*. Ist es überhaupt ein Verhör?

»Du hast das Zimmer mit Chiara geteilt?«, fragt Roberto.

Bruna nickt.

»Kannst du sagen, wann genau Chiara an diesem Abend weggegangen ist?«

Bruna schüttelt den Kopf. »Kann ich nicht, weil ich vor ihr weg bin. So um sieben. Hab einen Spaziergang gemacht. Zu dieser Ranch mit der Pferdekoppel und den zwei Lamas. Santa-Clara-Ranch heißt sie. Zurückgekommen bin ich ungefähr um halb zehn. Da war Chiara im Zimmer und hat gelesen.«

»Kam sie dir irgendwie verändert vor? War sie aufgeregt? Verstört?«

Wieder schüttelt Bruna den Kopf. »Sie war wie immer. Nicht sehr gesprächig.«

»Ihr habt euch nicht unterhalten? Zum Beispiel darüber, wie es zwischen ihr und Luca lief? Hat sie einen Streit erwähnt?«

»Dass wir ein Zimmer teilen, heißt noch nicht, dass wir Freundinnen sind«, sagt Bruna abweisend.

Roberto studiert seinen Notizblock. »Wann seid ihr schlafen gegangen?«

Bruna muss nicht lange überlegen. Offensichtlich hat sie diese Fragen schon einmal beantwortet. »Um halb zwölf etwa.«

»Bis dahin war Chiara immer im Zimmer?«

»Klo und Bad sind auf dem Gang«, sagt Bruna. »Sie war sicher irgendwann mal draußen. Aber darauf hab ich nicht geachtet.«

Wieder notiert Roberto etwas. »Die Polizei kam wann?«

»Am nächsten Tag nach dem Frühstück. Irgendwer hatte ja Luca inzwischen bei den Cliff Dwellings gefunden.«

»Irgendeine Idee, was er dort wollte?«, fragt Roberto.

»Keine Ahnung«, antwortet Bruna.

»Dann haben euch die Polizisten befragt. Einzeln oder gemeinsam?«

Bruna streicht sich die Haare aus dem Gesicht. »Sie haben einzeln mit uns geredet. Scheint ja wohl so üblich zu sein.«

»Du weißt also nicht, was Chiara aussagte?«

Bruna schüttelt den Kopf. »Keine Ahnung.«

»Und wann haben sie Chiara abgeholt?«

»Gegen Abend.« Bruna denkt kurz nach. »Ja, es war vor dem Abendessen.«

»Und du weißt nicht, warum?«

»Keine Ahnung.« Das scheint Brunas Lieblingsantwort zu sein.

»War Luca beliebt?«, fragt Roberto.

»Bei Chiara sicher«, antwortet Bruna. Es klingt ein wenig abfällig. »Ich gaube, auch die meisten anderen Mädchen in der Schule fanden ihn cool.«

»Und du?«, fragt Roberto.

Sie zuckt mit den Schultern. »Er war mir egal«, sagt sie.

Irgendetwas in ihrer Stimme lässt Roberto aufhorchen. Ein Unterton. Irgendetwas stimmt nicht, denkt er. Aber vielleicht erscheint ihm auch nur seltsam, dass sie so gleichgültig von einem Schulkollegen spricht, der eben erst unter ungeklärten Umständen gestorben ist.

Das Madonnengesicht mit den runden Wangen ist klar und ruhig. Die dunklen Augen zeigen nicht die mindeste Unruhe. Sie wäre sehr hübsch, wenn sie nicht übergewichtig wäre. Was hat die Dottoressa zu dem Thema gesagt? Etwas von einem Schutzwall, den man sich anfuttert. Wogegen will sich Bruna schützen?

»Vielen Dank«, sagt Roberto. »Schickst du mir Fabio oder Daniele?«

»Mach ich.« An der Tür bleibt Bruna stehen. »Wie geht es jetzt weiter? Müssen wir alle nach Hause zurückfahren oder können wir das Projekt durchziehen?«

Das Mädchen setzt Prioritäten, denkt Roberto. Das muss man ihr lassen. »Ich weiß es nicht«, sagt er wahrheitsgemäß.

Es ist Daniele, der als Nächster Roberto gegenübersitzt. Roberto zieht seine Notizen zu Rate. Gut aussehend, trotzdem Einzelgänger, steht da. Roberto betrachtet das schmale Gesicht mit den dunklen Augen und den welligen Haaren. Gut aussehend stimmt in jedem Fall. Was ihn zum Einzelgänger macht, wird Roberto vielleicht noch herausfinden.

»Du hast in einem Zimmer mit Luca geschlafen?«, fragt er.

Daniele runzelt die Stirn, als wäre er mit der Formulierung nicht einverstanden. »Wir haben zu dritt in einem Zimmer geschlafen«, korrigiert er. »Luca,

Fabio und ich. Platz ist knapp in diesen Gästehäusern.«

»Ihr habt euch gar nicht darüber gewundert, dass Luca in der fraglichen Nacht nicht zum Schlafen in das gemeinsame Zimmer kam?«

»Nein«, sagt Daniele. »Das haben wir den amerikanischen Polizisten doch schon ausführlich erklärt.«

»Ich fürchte, du musst es dem italienischen Polizisten auch noch erklären«, sagt Roberto.

Daniele nickt. »Luca war ziemlich gesprächig, wenn es um seine Abenteuer mit Mädchen ging. Er hat ausreichend deutlich gemacht, dass er den Abend und vielleicht auch die Nacht mit Chiara verbringen wird.«

»Hat er gesagt, wohin sie gehen würden?«

»Keine Ahnung«, sagt Daniele. »Es hat mich auch nicht interessiert. Ich fand es ziemlich überflüssig, dass er überhaupt darüber geredet hat. Konnte doch nicht sehr angenehm sein für Chiara. Aber das war typisch für ihn.«

»Was?«, fragt Roberto nach.

»Dass er mit seinen Eroberungen protzte.« Danieles Stimme klingt verächtlich.

Roberto spürt einen Anflug von Ärger über diesen Luca Pizzini, der Chiara vor den anderen bloßstellte. Bleib sachlich, ermahnt er sich selbst. »Und Fabio, war der auch der Meinung, dass man sich keine Sorgen machen musste?«

Daniele lacht kurz und unfroh auf. »Fragen Sie mich nicht, was in Fabio vorgeht. Der war an dem Abend so schlecht drauf, dass er kaum etwas geredet hat. Wir sind um Mitternacht schlafen gegangen, haben das Licht ausgemacht und damit gerechnet, dass Luca spätestens zum Frühstück wieder auftauchen wird. Als er dann zum Frühstück noch immer nicht da war, haben wir natürlich den *professore* verständigt. Aber bevor wir noch irgendetwas unternehmen konnten, kam sowieso schon die Polizei.«

»Weißt du, warum Fabio schlecht drauf war?«

»Keine Ahnung«, antwortet Daniele gleichgültig. »Wir reden nicht viel miteinander. Ich nehme an, es hatte mit Chiara zu tun. Er fand, glaub ich, dass sie viel zu schade für diesen Typen war. Das ist aber nur eine Vermutung.«

»Und du?«, fragt Roberto. »Warst du auch dieser Meinung? Was hast du von Luca gehalten?«

»Er war mir egal«, sagt Daniele.

Das hab ich heute schon mal gehört, denkt Roberto.

Robertos Sehnsucht nach einem *macchiato* wird übermächtig. Aber er hat nirgendwo eine Espressomaschine gesehen. Also ist anzunehmen, dass man ihm wieder diese hellbraune Flüssigkeit servieren würde, die hier als Kaffee durchgeht. Er trinkt von seinem Mineralwasser. Tibbs hat ihm geraten, viel zu trinken, weil der Körper in der dünnen Luft dieser Höhenlage mehr Flüssigkeit verbraucht.

Fabio muss den Kopf einziehen, um durch die Tür zu kommen. Er verstaut seine Einsneunzig im Trappersitzmöbel und schaut Roberto neugierig an. »Schon einen neuen Verdächtigen gefunden?«, fragt er in munterem Tonfall.

Roberto ist einigermaßen verblüfft. »Wie kommst du darauf?«

»Na ist doch klar.« Fabio lümmelt sich zurecht. »Wenn Sie Chiara da rauspauken wollen, dann müssen Sie den *guys* vom FBI doch wohl einen anderen Täter servieren. Oder einen brauchbaren Grund für Selbstmord. Das wird schwer sein bei jemandem, der so glücklich verliebt in sich selbst war wie Luca.«

Roberto studiert sein Gegenüber. Hoch begabt hat ihn Direktor Gastaldi genannt.

»Einen anderen Täter servieren«, wiederholt Roberto. »Hättest du denn einen Vorschlag?«, fragt er.

»Mehrere«, sagt Fabio ohne Zögern. »Schon aufgefallen? Es gibt niemanden in der Gruppe, der Luca mochte. Außer Chiara natürlich. Aber das ist vorübergehend und ausschließlich hormonell induziert.«

Hormonell induziert, wiederholt Roberto still für sich. Was genau will mir der Hochbegabte beweisen? Warum zieht er diese Show ab? Roberto entscheidet sich für die provokante Methode, um das herauszufinden. »Wo warst du denn an dem Abend, als Luca starb?«

Fabio nickt beifällig. »Gute Frage. Ich war hier in der Bibliothek. Dann bin ich auf der Landstraße rüber nach Galisteo marschiert. Vom Friedhof aus hat man einen tollen Blick auf den Sonnenuntergang.«

»Ausgerechnet zum Friedhof wolltest du?«, fragt Roberto.

»Warum nicht?«, antwortet Fabio. »Geniale Stimmung, sensationeller Blick. Eine Weile andächtiges

Staunen. Irgendwann bin ich dann zurück. Um zehn etwa war ich wieder im Gästehaus. Letzteres kann Daniele bezeugen. Davor war ich allein. Von ein paar Verstorbenen vielleicht abgesehen. Kein Alibi also.«

»Hättest du denn einen Grund gehabt, Luca zu töten?«, fragt Roberto.

»Braucht man immer einen Grund?«, fragt Fabio zurück. »Das perfekte Verbrechen zu begehen kann Anreiz genug sein. Und ein perfektes Verbrechen gibt es sowieso nur ohne erkennbares Motiv.«

»Interessante Theorie«, brummt Roberto. »Darf ich wissen, wie deine Berufspläne aussehen? Nur so interessehalber.«

»Sie werden lachen …«, beginnt Fabio.

»Ich lache derzeit selten«, wirft Roberto ein.

»Ich möchte Psychologie studieren und als Profiler für die Polizei arbeiten«, meint Fabio.

»Na dann profilen wir mal«, meint Roberto. »Keiner mochte also Luca besonders. Kennst du die Gründe dafür?«

»Nein«, antwortet Fabio. »Kann aber nicht so schwer sein, das herauszufinden. Bruna kriegte jedes Mal, wenn sie Luca anschaute, diesen gewissen Blick. Waffenscheinpflichtig geradezu. Daniele wär fast nicht mitgekommen nach New Mexico, als er hörte, Luca ist mit von der Partie. Und der *professore*? Den müsste man mal fragen, wie und wodurch sich Luca eigentlich für unser Projekt qualifiziert hat. Die Arbeit, die er abgeliefert hat, war absoluter Schwachsinn. Glauben Sie mir. Ich hab sie gelesen.«

Roberto wirft einen Blick auf seine Notizen und

streicht das Wort »Selbstwertprobleme« neben dem Namen Fabios mehrfach durch.

»Daniele hat angegeben, dass du an dem betreffenden Abend schlecht drauf warst. Irgendein besonderer Grund?«

»Jetzt haben Sie mich«, sagt Fabio. »Und mein Motiv auch. Rasende Eifersucht. Die heimlich Geliebte ist drauf und dran, die Nacht mit einem anderen zu verbringen. Ich kann es nicht ertragen, hefte mich an die Fersen des Rivalen ...«

»Die Sache ist zu ernst für Spielchen«, unterbricht Roberto.

»Das ist kein Spiel.« Fabios Stimme verändert sich, wird ernst, leiser. Der überhebliche Ausdruck verschwindet aus seinem Gesicht. »Ich hätte ihn umbringen können, so wie er über Chiara geredet hat. Nur – ich hab's nicht getan.«

18

Chiara sitzt auf dem schmalen Bett in ihrer Zelle und schaut durch das Fenster. Draußen scheint ein starker Wind zu gehen. Immer neue Wolken ziehen sehr schnell an dem vergitterten Rechteck vorüber.

Noch immer ist alles für Chiara völlig unwirklich. Wie ein Film, dessen Handlung sie staunend wieder und wieder ablaufen lässt. Was an dem Abend geschah. Dass aus Verliebtheit und übermütigen Schmetterlingen im Bauch so schnell ein ganz anderes Gefühl entstehen kann. Dass sie im Gefängnis ist. Na ja – Gefängnis. Eigentlich ist es mehr eine Erziehungsanstalt für Jugendliche.

Wann endlich Onkel Roberto kommt? Seltsamerweise fallen ihr die Kondome in der romantisch verkitschten Verpackung ein. Sie hofft, dass er nicht auf die Idee kommt, ihren Koffer zu durchsuchen. Aber warum sollte er? Man durchsucht die Koffer von Verdächtigen. Und Onkel Roberto wird sie nicht verdächtigen, das weiß sie ganz bestimmt. Er wird verstehen, dass sie lügen musste. Er wird alles wieder in Ordnung bringen.

Oder doch fast alles.

Dass Luca tot ist, lässt sich von niemandem rückgängig machen.

Luca.

Ich müsste doch irgendetwas spüren, denkt sie.

Aber da ist nichts.

Gar nichts.

19

Der Lexus ist in einer gelben Staubwolke angekommen, Roberto ist eingestiegen, hat Tibbs begrüßt. Jetzt fahren sie wieder auf der Staubstraße zurück, auf der sie gestern gekommen sind.

»Zu Fuß ist es nicht weiter als eine Viertelstunde«, sagt Tibbs. »Aber ich bin Amerikaner. Wir sind davon überzeugt, dass wir unsere Beine zum Gasgeben und Bremsen erhalten haben. Irgendwelche Neuigkeiten?«

»Na ja ...« Roberto blättert durch seinen Notizblock. »Ich erwarte, im Gästehaus eine Gruppe von drei netten italienischen *ragazzi* und einem Lehrer zu finden, die um einen Freund beziehungsweise Mitschüler trauern. Stattdessen scheint keinem von ihnen Lucas Tod besonders nahe zu gehen. Aus Gründen, die man noch herausfinden muss.« Roberto wartet auf eine Reaktion – sie bleibt aus. Er schaut Tibbs an. »Sie denken sicher, ich versuche einem anderen die Schuld zuzuschieben, um Chiara freizubekommen?«

Tibbs antwortet nicht sofort. Er biegt in eine schmale asphaltierte Straße ein. »Ich denke, dass Sie die Wahrheit herausfinden werden«, sagt er schließlich. »Ob sie Ihnen nun angenehm ist oder nicht.«

Er biegt scharf nach rechts ab und bleibt auf einem kleinen Parkplatz stehen. »Wir sind da.« Ein Schild an dem alten verbogenen Maschenzaun sagt: *»No visitors! Cliff dwellings closed!«*

Tibbs zieht einen Schlüsselbund aus der Tasche und öffnet das Tor. Mit einem Seitenblick stellt Roberto fest, dass es ein Leichtes wäre, über den Zaun zu klettern. Nicht weit vom Eingang entfernt sieht er ein Loch zwischen Zaun und Erde, so als hätte sich ein Tier durchgegraben. Vielleicht war es aber auch kein Tier. Der berühmte Unbekannte als Täter. Er wäre ihm nur zu recht. So viel zu meiner Objektivität als Polizist, denkt er verärgert. Sie gehen auf einem gepflasterten Weg bis zu der Tafel mit der Nummer eins, wo der beschilderte Touristenpfad in die Cliff Dwellings beginnt. Normalerweise. Ein gelbschwarzes Plastikband mit der Endlosschrift *»crime scene«*, zwischen zwei Ponderosa-Kiefern gespannt, versperrt jetzt den Weg. Tibbs hebt das Band an, bückt sich und klettert mühelos darunter durch. Roberto folgt ihm, ein bisschen weniger mühelos. Dann stehen sie am Fuß der Cliff Dwellings.

Roberto schaut die steile Wand hoch. Venezianer haben alle möglichen Begabungen. Klettern gehört im Allgemeinen nicht dazu.

»Vulkanisches Tuffgestein«, sagt Tibbs, der Robertos fragenden Blick missverstanden hat.

Der erste Teil des Weges führt über eine lange Leiter.

»Die italienische Gruppe war am Nachmittag da«, erklärt Tibbs, während sie den schmalen Pfad weiter bergauf gehen. »An dem Tag, an dem Luca abstürzte. Zwischen zwei und vier Uhr etwa. Der Park-Ranger kann nicht mit Sicherheit sagen, ob gleichzeitig noch andere Besucher da waren. Auch hat er später nur noch wenige Tickets verkauft. Die Cliff Dwellings hier sind nicht besonders bekannt. Eher ein Insider-Tipp. Um sieben sperrt der Park-Ranger das Tor ab. Kurz vor sieben hat Luca in der Cafeteria des Gästehauses noch einen Toast gegessen. Danach dürfte er direkt zu den Cliff Dwellings gegangen sein. Wahrscheinlich ist er über den Zaun geklettert, was kein Kunststück ist, wie Sie gesehen haben. Spätestens um acht war er tot, sagt der Gerichtsmediziner.«

Es ist heiß. Ganz anders heiß als in Venedig. Eine trockene, hell flirrende Hitze, die durstig macht. Roberto atmet schwer, aber er schwitzt nicht. Der Körper scheint keinen Tropfen Flüssigkeit abgeben zu wollen. Hin und wieder zeigt Tibbs auf Petroglyphen. Tiere mit Hörnern, Schlangen, Spiralen, ein Mensch, der Flöte spielt. Wandschmuck am Anasazi-Eigenheim oder eine Art Wandzeitung? Die Höhlensysteme scheinen teilweise tief in den Berg zu führen. Die beste Form von Klimaanlage vermutlich. Sie sind mittlerweile bei den höchstgelegenen Cliff Dwellings angekommen. Tief unten auf dem Boden des Canyons sieht Roberto die Umrisszeichnung, wo Lucas Körper gefunden wurde.

Für einen Augenblick schiebt sich die Erinnerung an Caterina Loredan dazwischen. Roberto scheucht das unerwünschte Bild weg. Immer schön einen Fall nach dem anderen.

Tibbs bleibt stehen. »Hier in dieser Höhle und davor hat man die Fußspuren von Luca und Chiara gefunden.«

Die Spuren in der Höhle sind noch erkennbar. Die davor hat der Wind bereits fast unkenntlich gemacht.

»Die können doch vom Nachmittag stammen«, sagt Roberto. »Als die ganze Gruppe da war.«

»Sicher«, sagt Tibbs. »Man nimmt die Spuren auch nicht allzu wichtig. Aber sie passen eben dazu.«

Zum Streit und zu Chiaras Schal, den Luca in der Hand hielt. Und zu Chiaras Behauptung, sie sei den ganzen Abend im Gästehaus gewesen. Tibbs sagt es nicht, aber es ist auch so klar.

»Wer hat den angeblichen Streit mit angehört?«, fragt Roberto.

»Ein Student aus Ohio«, sagt Tibbs.

»Aber die beiden haben doch italienisch geredet. Er kann unmöglich verstanden haben, worum es ging.«

Tibbs nickt. »Hat er auch nicht, aber dass es ein Streit war, dessen war er sich absolut sicher. Und er hat sowohl Chiara als auch Luca eindeutig wiedererkannt.«

»Dann steht Aussage gegen Aussage«, stellt Roberto fest.

»Warum sollte der Student so etwas erfinden?«

»Kann ich mit ihm reden?«, fragt Roberto.

»Er ist abgereist«, sagt Tibbs.

»Was?« Roberto starrt in verblüfft an. »Ein wichtiger Zeuge? Und man lässt ihn einfach abreisen?«

»Es gab keinen Grund, ihn festzuhalten. Man hat ja seine Adresse und weiß, wo er zu finden ist, wenn man im Prozess seine Aussage braucht.«

Roberto fragt sich, ob ihm von der Anstrengung des Anstiegs, von der Hitze oder vom Wort »Prozess« übel ist. Tatsache ist, er fühlt sich elend. Und er hat plötzlich das deutliche Gefühl, dass er sich in feindlicher Umgebung befindet. Die Geister der Anasazi, denkt er.

»Trinken Sie einen Schluck«, sagt Tibbs und reicht ihm eine Plastikflasche mit Wasser. »Sollte man hierzulande immer mithaben.«

Die Geister der Anasazi scheinen Tibbs nichts auszumachen. Vielleicht haben die nur was gegen Italiener, denkt Roberto. Luca ist tot und mir ist auch schon schlecht.

»Wollen Sie noch zum Fundort der Leiche?«, fragt Tibbs.

Roberto schüttelt den Kopf. »Falls etwas zu finden war, dann haben das wohl die amerikanischen Kollegen sichergestellt.«

Der Schauplatz eines Verbrechens ist nach drei Tagen kalt, wie Roberto es nennt. Spuren sind verschwunden oder verändert. Irrelevantes vielleicht dazugekommen. Und was die Antennen des Unterbewusstseins aufnehmen könnten, existiert nicht mehr.

Er will weg von hier. Er will zu Chiara. Und eine Erklärung finden, warum sie die Unwahrheit gesagt hat.

20

Die *Youth Correction Facility* außerhalb von Santa Fe hat nichts von dem romantisierenden Adobe-Stil an sich. Es ist ein dunkelgrauer, nüchterner Zweckbau mit einem großen Parkplatz davor.

Roberto hat Schlimmeres erwartet. Es gibt keine elektrischen Zäune, keine Wachtürme, keine bewaffneten Posten am Eingang. Abgesehen von den vergitterten Fenstern könnte es auch ein ganz normales Bürogebäude sein. Unsere Questura sieht auch nicht viel einladender aus, denkt er. Einige neu gepflanzte Bäume werden vielleicht irgendwann den parkenden Autos Schatten spenden. Im Augenblick ist es glühend heiß, als sie aus dem klimatisierten Lexus steigen.

Auch der Eingangsbereich erinnert Roberto an die venezianische Questura. Ein Uniformierter hinter dem Glasfenster liest Zeitung. Nicht den *Gazzettino*, sondern *The New Mexican*. Roberto wundert sich wieder, wie vielfältig offenbar die Kompetenzen eines beratenden NASA-Psychiaters sind. Tibbs zeigt einen Ausweis und redet ein paar leise Sätze mit dem Uniformierten. Der Mann nickt, greift zum Telefon und hantiert an einem Schaltpult. Das Gitter zum Innenhof gibt den Eingang frei.

Eine Frau in dunkelblauer Uniform, mit unkleidsamer Brille und streng zurückgekämmten Haaren kommt über den Hof auf sie zu.

»*Megan the Dragon* wird sie genannt«, sagt Tibbs leise. »Damit tut man den Drachen aber bitter Unrecht.«

Roberto hat im Augenblick keine Lust, sich um Drachenrechte zu kümmern. »Kann ich allein mit Chiara reden?«, fragt er.

»Die schlechte Nachricht: *Megan the Dragon* wird anwesend sein«, sagt Tibbs. »Die gute Nachricht: Sie versteht kein Italienisch.«

Die Aufseherin bleibt vor ihnen stehen. »Hello, Dr. Tibbs«, sagt sie zu Tibbs. Ein strenges »Hier lang!« zu Roberto – nach einem kurzen Nicken, das wohl als Begrüßung gemeint ist.

»In einer Stunde beim Ausgang«, ruft Tibbs ihnen noch nach.

Wie soll ich in einer Stunde die Wahrheit herausfinden?, denkt Roberto. Die Hälfte der Zeit werde ich schon brauchen, um Chiara zu trösten.

Der Raum für Besucher sieht aus wie der schäbige Pausenraum einer Schule. Ein paar hölzerne Tische mit unbequemen Stühlen. Auf einer Anrichte stehen zwei Kannen und einige Plastikbecher. Roberto denkt an die Filmszenen von Besuchen in amerikanischen Gefängnissen. Hat man ja oft genug gesehen. Die trennende Panzerglasscheibe, der Griff zum Telefonhörer. Da ist ihm der schäbige Pausenraum bedeutend lieber. Ganz kurz fällt ihm sein Traum im

Flugzeug ein: Chiara in Hand- und Fußfesseln im orangeroten Gefängnisoverall.

Chiara ist weder an Händen noch an Füßen gefesselt und sie trägt einen hellen Trainingsanzug mit der dunkelblauen Aufschrift des Ruderclubs auf der Giudecca.

Wenn er eine tränenreiche Begrüßung erwartet hat, dann hat er sich ebenfalls geirrt.

»*Ciao, zio*«, sagt Chiara und küsst ihn auf beide Wangen.

Er selbst ist es, der spürt, wie seine Augen feucht werden. Er denkt daran, dass er noch im Mai mit ihr die *Voga Longa* gerudert ist. Von San Marco nach Murano und wieder zurück. Wochenlang haben ihnen beiden danach die Handgelenke wehgetan.

»Behandeln sie dich gut?«, fragt er.

»Alles okay«, antwortet Chiara. »Mach dir keine Sorgen.«

»Die Eltern lassen dich grüßen. Und Sandra natürlich und Samuele.«

Chiara nickt. Sie wirkt sehr erwachsen. Viel erwachsener, als er sie in Erinnerung hat. Wann genau ist diese Veränderung passiert? Hier im Gefängnis? Oder an diesem Abend – in den Cliff Dwellings?

Er fragt nicht, ob sie Luca von den Klippen gestoßen hat. Natürlich nicht.

Sie sitzen einander gegenüber an einem kleinen, wackligen Tisch.

In einiger Entfernung wacht *Megan the Dragon.*

Roberto legt seine Hand auf Chiaras.

»*Dimmi tutto, tesoro*«, sagt er. »Erzähl mir alles.«

21

Kann ich Sie sprechen?« Fabio tritt aus dem Schatten des Silverdollar-Baumes, dessen Blätter im Wind zwischen mattgrün und silbern oszillieren.

Lorenzo Girotti, der zu seinem Mietauto gehen will, bleibt stehen. »Selbstverständlich«, sagt er.

»Nicht hier.« Fabio deutet zu den offenen Fenstern des Gästehauses.

»Okay«, sagt der Lehrer. »Ich wollte eben nach Santa Fe. Ins Native-Indian-Museum. Du kannst mitkommen, wenn du willst. Auf der Fahrt können wir reden.«

Fabio nickt.

Sie gehen zu dem Buick Convertible, den Girotti in Albuquerque gemietet hat.

Es ist glühend heiß in dem Auto, das in der prallen Sonne auf dem Parkplatz stand. Girotti öffnet das Verdeck. Jetzt kommt die heiße Luft wenigstens in Bewegung.

Der Fahrtwind bringt Staub, aber wenig zusätzliche Kühlung.

»Besser, man lässt das Verdeck geschlossen und stellt die Klimaanlage an«, bemerkt Fabio.

»Wenn ich das wollte, hätte ich mir kein Cabrio genommen«, sagt Girotti.

Sie haben die Staubstraße hinter sich und fahren auf der asphaltierten Straße. Ein Schild kündigt einen Ort namens El Dorado an.

»Haben Sie schon mit dem Commissario gesprochen?«, fragt Fabio nach längerem Schweigen.

»An dem Abend, an dem er angekommen ist«, sagt Girotti. »Ihr wart alle noch in Pecos. Warum?«

Die Straße führt unter einem Highway durch. Sie biegen in den Old Santa Fe Trail ein.

»Ich habe ihm etwas erzählt, was Ihnen vielleicht unangenehm sein wird«, sagt Fabio.

»Bobcat Bite.« Girotti deutet auf das Schild an einem schäbigen knallrosa gestrichenen Haus im Western-Stil. *Steak and French Fries,* verkündet ein handgeschriebenes Plakat daneben. »Wir sind hier wirklich im Wilden Westen.«

Indianer am Straßenrand verkaufen Brennholz und Wassermelonen.

»Was meinst du damit?«, fragt Girotti etwas verspätet. So als wäre Fabios Bemerkung erst jetzt bei ihm angekommen.

»Ich habe dem Commissario gesagt, dass die Arbeit, die Luca geschrieben hat, ihn wohl kaum für die New-Mexico-Reise qualifiziert hat«, sagt Fabio.

»Hat Luca dir seine Arbeit gezeigt?«, fragt Girotti.

»Natürlich nicht. Aber er hat sie auf einem Computer im Medienraum der Schule geschrieben. Er besitzt keinen eigenen.«

Girotti nickt, ohne weiterzufragen. Fabios Fähigkeiten auf dem Computersektor sind hinlänglich bekannt. Simple Passwörter oder gelöschte Files sind kein Hindernis für ihn.

Die Adobe-Häuser auf beiden Seiten der Straße werden dichter. Santa Fe ist nahe. Girotti biegt nach links ab, zum Museumsviertel, bleibt neben einem Baum auf dem Parkplatz stehen. Schließt das Verdeck. »Vorschrift«, sagt er. »Sonst zahlt die Versicherung nicht.«

Sie gehen nebeneinander die Stufen zum Museum hinauf.

»Ich finde es gut, dass du mit dem Commissario darüber gesprochen hast«, sagt Girotti. Er löst zwei Eintrittskarten an der Kasse. »Das Museum ist sensationell. Es wurde von indianischen Künstlern konzipiert. Hast du gewusst, dass der einzige Code, den die Japaner im Zweiten Weltkrieg nicht knacken konnten, eine Indianersprache war?«

»Nein«, sagt Fabio. »Das habe ich nicht gewusst.«

Er ist verwirrt. Die Reaktion des *professore* auf seine Eröffnung hat er sich völlig anders vorgestellt.

22

»Also gut«, sagt Roberto nach einem kurzen Blick auf die Uhr. Er versucht, nicht nervös zu wirken. »Lass es uns noch einmal durchgehen. Du weißt nicht, warum Luca deinen Schal in der Hand hielt?«

Chiara zuckt mit den Schultern. »Er hat ihn am Tag zuvor in seine Jackentasche gesteckt. Mir war zu heiß und ich hatte keinen Platz dafür. Vielleicht wollte er ihn mir zurückgeben.«

»Wieso zurückgeben? Du hast mir doch eben gesagt, dass du deutlich gemacht hast, du würdest nicht zu ihm in die Cliff Dwellings kommen.«

»Hab ich«, sagt Chiara. »Aber das wollte er einfach nicht zur Kenntnis nehmen. Darum ging's ja in dieser Diskussion. Von der dann plötzlich behauptet wurde, es sei ein Streit gewesen. Ja – vielleicht waren wir ein bisschen laut. Aber Streit war es keiner. Ich hab gesagt, ich denke nicht dran, ihn dort zu treffen. Und er hat gesagt, er versteht das nicht. Und ich hab gefragt, was gibt's denn daran nicht zu verstehen. Aber er wollte es einfach nicht kapieren.«

»Ich kapier's auch nicht«, sagt Roberto. »Lucas Zimmerkollegen wissen, dass er dich treffen will.

Also warst du ursprünglich damit einverstanden – oder?«

Chiara zögert. Dann nickt sie.

»Was ist passiert, dass du es dir anders überlegt hast? Zum Glück – muss ich übrigens sagen. Als Onkel und als Polizist.«

»Du hast Bruna kennen gelernt?«, fragt Chiara.

Roberto nickt.

»Sie ist in Tommaso verknallt. In einen aus Lucas Klasse.«

Roberto wartet.

»Im Mai hat sie einen Brief von Tommaso bekommen. Er wollte sie in den Giardini treffen.«

Roberto wird ungeduldig. »Chiara, wir haben wenig Zeit, es ist ...«

»Gleich«, sagt Chiara. »Gleich kommt's. Der Brief war nämlich nicht von Tommaso. Er war gefälscht. Von Luca. Seine ganze Clique ist nach und nach an dem Treffpunkt in den Giardini aufgetaucht. Sie haben sich kaputtgelacht. Tommaso ist auf Diät, haben sie gesagt. Fett ist nicht gut für ihn. Und solche Sachen.«

»Und wenn das Ganze nicht stimmt?«, fragt Roberto.

»Das hab ich mir auch gesagt«, nickt Chiara. »Aber Luca hat es sofort zugegeben, als ich ihn darauf angesprochen habe. Er fand es immer noch lustig.«

»Okay, okay«, sagt Roberto. »Du hast dieses Treffen in den Cliffs also abgesagt. Aber wo warst du dann? Warum hast du behauptet, du seist den ganzen Abend nicht weg gewesen? Obwohl dich dieser Mann mit den beiden Hunden auf dem Weg gesehen hat, der zu den Cliff Dwellings führt?«

»Ich hab keinen Mann mit zwei Hunden gesehen«, sagt Chiara.

»Egal. Aber er hat dich gesehen und wiedererkannt. Du bist über sein Grundstück gegangen. Die Abkürzung zu den Cliff Dwellings. Warum, um Himmels willen, hast du gelogen? Warum hast du nicht gesagt, dass du weggegangen bist? Und wohin du gegangen bist?«

»Weil ich nicht wollte, dass jemand weiß, wen ich getroffen habe«, sagt Chiara.

»Aber ich muss es wissen!«, drängt Roberto. »Ich muss es wissen, wenn ich dich da rausholen soll.«

»Es hat nichts mit Lucas Tod zu tun«, beharrt Chiara.

»Wen?«, fragt Roberto.

Chiara schweigt.

»Die Zeit wird knapp«, sagt Roberto. »Ich weiß nicht, wann ich die nächste Besuchserlaubnis bekomme. Wen hast du getroffen?«

»Den *professore*«, sagt Chiara mit einem kleinen resignierten Seufzer.

»Lorenzo Girotti?«, fragt Roberto.

Chiara nickt.

23

Ciao, Bruna«, sagt Fabio.

Bruna sitzt in der Bibliothek und hat mehrere Bücher aufgeschlagen vor sich liegen. Sie schaut nur kurz auf. »Unfassbar, was Menschen einander antun. Und dann auch noch im Namen der Religion«, sagt sie kopfschüttelnd. »Man hat den Indianern mit brutaler Gewalt ihre Naturreligion genommen! Im Acoma-Pueblo haben die Spanier allen männlichen Bewohnern ein Bein abgehackt, damit sie nicht fliehen konnten. Und ihre Frauen hat man anschließend gezwungen, eine Kirche zu bauen.«

»Amen«, sagt Fabio. »Ich kenn die Geschichte. Du hast sie in deiner Arbeit erwähnt. Ziemlich gut geschrieben übrigens.«

»Danke«, sagt Bruna knapp und blättert wieder in ihren Notizen.

»Ich sehe, du bist finster entschlossen, an unserem Projekt zu arbeiten«, sagt Fabio.

»Dazu sind wir doch nach New Mexico gekommen – oder?« Bruna klingt leicht genervt. »In einer Stunde ist das Treffen mit der Abschlussklasse der *St. Catherine Indian School*. Man muss ein paar sinnvolle

Fragen vorbereiten. Sonst denken die, wir kommen auch nur ›Indianerschauen‹ – wie die meisten Touristen.«

»Grundsätzlich richtig«, sagt Fabio. »Aber mittlerweile hat leider einer der Unseren eine ungesunde Abkürzung von den Cliff Dwellings in den Canyon genommen. Schon vergessen? Und irgendwer will es Chiara anhängen.«

»Ich hab alles getan, um sie davon abzuhalten, ihn zu treffen«, sagt Bruna und zuckt mit den Schultern. »Wenn sie trotzdem hingegangen ist, dann ist das nicht meine Schuld.«

»Warum konntest du ihn eigentlich nicht leiden?«, fragt Fabio.

Bruna lächelt unfroh. »Er hatte die falsche Art von Humor.«

»Mir ist da etwas eingefallen«, sagt Fabio. »Sie muss mit dir über ihre Verabredung gesprochen haben. Wie konnte sie sonst sichergehen, dass du nicht Alarm schlägst, wenn sie nicht bis zehn zurück ist? Zehn war bekanntlich *deadline*.«

»Richtig kombiniert, Watson«, sagt Bruna. »Sie hat mit mir darüber geredet.«

»Und?«

»Ich hab ihr gesagt, sie muss verrückt sein, auf einen Typen wie Luca abzufahren«, antwortet Bruna.

»Hat sie nicht gefragt, warum?«

»Natürlich hat sie gefragt, was ich gegen ihn habe.«

»Und?«

Brunas Gesicht wirkt abweisend. »Und ich hab es ihr gesagt.«

»Was genau hast du gegen ihn?«

Bruna schweigt.

»Wenn du es Chiara gesagt hast, warum nicht mir?«, fragt Fabio.

»Es lachen schon genug Leute über mich«, antwortet Bruna gereizt.

»Aber vielleicht war Chiara ja gar nicht dort. Vielleicht hat Luca jemand anderen dort getroffen.«

»An wen denkst du?«, fragt Bruna.

»An jemanden, der eine alte Rechnung mit ihm offen hatte«, antwortet Fabio.

Bruna sieht Fabio voll an. »Ich bin nur dick. Nicht dumm«, sagt sie mit müder Stimme. »Ich erzähl nicht vorher Chiara, dass Luca ein Fiesling ist, und schubse ihn anschließend von den Cliff Dwellings.«

»Das stimmt«, sagt Fabio nachdenklich. »Dafür bist du zu intelligent.«

»Sieh an«, sagt Bruna. »Da entdeckt einer die Schönheit des Geistes.«

»Denkst du, du bist die Einzige mit Selbstwertproblemen? Glaubst du, es ist lustig, wenn man dich Spargel mit Ohren nennt?«

»Mein Mitleid hält sich in Grenzen. Mit zunehmendem Alter garantiert dir das Ding zwischen deinen Beinen ästhetische Immunität.«

»Penisneid?«, fragt Fabio.

»Wohl kaum. Bis jetzt war ich immer ganz zufrieden damit, mein Hirn zum Denken zu benützen.«

»Es gibt männliche Wesen, die ticken anders«, sagt Fabio.

»Ja«, nickt Bruna. »Und Schweine fliegen.«

24

Zum ersten Mal versteht Roberto, was es mit dem »Rotsehen« auf sich hat.

Nachdem sich die grellroten Wolken aus seinem Gesichtsfeld verzogen haben, gelingt es ihm, seine Wut so weit zu unterdrücken, dass er etwas einigermaßen Zusammenhängendes artikulieren kann. »Das darf doch nicht wahr sein! Du und Girotti? Ich fasse es nicht. Dieser elende … Ich mach ihn fertig!«

Chiara sieht ihn an. Erst irritiert, dann mit plötzlichem Verstehen. »Aber, *zio* – du denkst doch nicht etwa, ich hätte etwas mit dem *professore*? So ein Blödsinn! Der ist doch viel zu alt für mich!«

Roberto rechnet kurz nach. Circa zwanzig Jahre jünger als er selbst, das macht als Ergebnis noch immer »viel zu alt«. Außerdem ist ihm seine Schlussfolgerung jetzt angesichts von Chiaras Reaktion etwas peinlich. »Aber du hast doch gesagt …«

»Dass ich ihn getroffen habe«, ergänzt Chiara. »Und dass ich nicht wollte, dass es jemand weiß. Aber nicht weil wir irgendwas *amore*-artiges miteinander haben.«

»Sondern?«, fragt Roberto.

»Weil die anderen sich gewundert hätten, was wir allein zu besprechen haben.«

»Und was hattet ihr allein zu besprechen?«

Chiara seufzt tief auf. »Er hat gemerkt, dass da was lief zwischen mir und Luca. An dem Abend hat er gesagt, er fühlt sich verpflichtet, mich vor Luca zu warnen.«

»Dich vor Luca zu warnen?«, wundert sich Roberto. »Aus welchem Grund?«

»Das hat er mir nicht gesagt«, antwortet Chiara. »Nur, dass es eine sehr ernste Sache ist. Etwas Kriminelles. Etwas, das weit reichende Folgen haben wird, wenn wir erst wieder zurück in Venedig sind.«

»Wie lange hat dieses Warnen gedauert?«, fragt Roberto. Die Sache gefällt ihm immer noch nicht.

»Eine Viertelstunde vielleicht, nicht länger.«

»Und dann?«, drängt Roberto nach einem neuerlichen Blick auf die Uhr.

»Dann bin ich spazieren gegangen. Ich wollte in Ruhe nachdenken. Erst die Sache, von der mir Bruna erzählt hat. Und dann noch diese düsteren Andeutungen von Lorenzo. Ich war ziemlich durcheinander.«

»Du nennst ihn Lorenzo?«, fragt Roberto schnell.

Chiara seufzt. »Alle in der Schule tun das, *zio*. Glaub mir.«

»Das heißt, Girotti kann dir kein Alibi geben«, überlegt Roberto laut. »Du hättest nach dem Gespräch mit ihm noch immer Zeit gehabt, Luca zu treffen und ...« Er beendet den Satz nicht.

Chiara nickt.

»Warum, *per carità*, hast du der Polizei nicht von dem Treffen mit Girotti erzählt?«, fragt Roberto.

»Ich hab mit ihm vereinbart, dass das Gespräch unter uns bleibt. Und wenn ich das jemandem verspreche, dann bleib ich dabei«, sagt Chiara störrisch.

»Aber er«, überlegt Roberto weiter. »Er hätte so vernünftig sein müssen, die Wahrheit zu sagen.«

»Wahrscheinlich wollte er mich nicht belasten. Immerhin war ich in der Nähe der Cliff Dwellings.«

»Ja«, sagt Roberto. »Das gilt allerdings auch für ihn.«

25

Tibbs wartet neben dem Uniformierten, der hinter seinem vermutlich schusssicheren Glasfenster am Eingang sitzt. Es ist der einzige schattige Platz weit und breit.

Im Auto ist es glühend heiß. Zu heiß zum Reden. Die Klimaanlage braucht eine Weile, um eine fast unmerkliche Erleichterung zu schaffen.

»Was halten Sie von einer Margarita?«, fragt Tibbs.

»Was immer es sein mag, ich bin dafür, sofern es im Schatten stattfindet«, stöhnt Roberto. »Und ich hab geglaubt, ich bin an heiße Sommer gewöhnt.«

»Original Adobe hat einen natürlichen Klimatisierungseffekt«, doziert Tibbs. »Ich zeige Ihnen eines der ältesten Häuser der Stadt. Es gibt auch einen schattigen Parkplatz in der Nähe.«

Das *Pink Adobe* ist sehr pink von außen und tatsächlich sehr dunkel und kühl im Inneren. Eisgekühlt sind auch die beiden Gläser mit Zuckerrand, die kurz darauf vor ihnen stehen.

»Wichtigste Zutat ist der Limettensaft«, erklärt Tibbs nach einem ersten genussvollen Schluck.

»Sie wollen meine Zunge lösen«, sagt Roberto,

nachdem er probiert hat. »Möglich, dass da Spuren von Limettensaft drin sind, aber das meiste ist doch wohl irgendwas Stärkeres.«

Tibbs seufzt. »Ich bin so schrecklich leicht durchschaubar.«

Roberto erzählt, was er von Chiara erfahren hat.

»Dann muss man wohl herausfinden, warum dieser Lehrer seine Schülerin vor Luca warnen wollte«, sagt Tibbs.

Roberto nickt. »Außerdem würde ich gern mit diesem Polizisten von der *Tribal Police* reden.«

»Mit Luis Baca?« Tibbs schüttelt den Kopf. »Ich hab schon versucht, ein Treffen zu arrangieren. Er weigert sich. Dass man ihm den Fall weggenommen hat, nimmt er übel. Zu Recht.«

»Und wann kann ich mit den ermittelnden Beamten der Staatspolizei sprechen?«, fragt Roberto. »Es gibt ja immerhin einige neue Erkenntnisse, die man ins Protokoll nehmen sollte.«

»Nicht *State Police,* sondern FBI. Sie wissen schon, wegen der politischen Relevanz«, korrigiert Tibbs.

»Meinetwegen«, sagt Roberto. »Wann?«

»Die Ermittlungen sind abgeschlossen«, sagt Tibbs sehr ruhig.

Roberto sieht ihn fassungslos an. »Aber – das kann nicht sein.«

Tibbs starrt auf die dunkle Tischplatte. »Ich bin bevollmächtigt, Ihnen ein Angebot zu machen. Kein vorsätzlicher Mord. Fahrlässige Tötung unter besonders mildernden Umständen. Ein Jahr Jugendarrest – höchstens.«

Roberto schüttelt ungläubig den Kopf. »Das kann nicht Ihr Ernst sein. Chiara hat mir versichert, dass sie an diesem Abend nicht in den Cliff Dwellings war. Sie ist unschuldig. Vielleicht ist Luca ja auch nur ausgerutscht.«

»Das hätte man an den Spuren gesehen«, antwortet Tibbs ruhig. »Nichts ist so deutlich nachzuweisen, wie wenn jemand auf einem sandigen Weg abrutscht. Nein. Entweder er ist gesprungen oder er wurde gestoßen. Und Sie glauben doch selbst nicht, dass er in den Tod gesprungen ist, nur weil Chiara nicht zur Verabredung kam.«

Roberto schüttelt den Kopf. Nein, das glaubt er nicht.

»Finden Sie heraus, was der Lehrer zu verbergen hat«, sagt Tibbs.

Roberto nickt.

Der letzte Schluck Margarita hat einen bitteren Nachgeschmack.

Winnetous Schwester mit den Lagunenaugen steht am Empfang des Gästehauses. Ich merk mir schon wieder keine Namen, denkt Roberto.

»Sie sind alle in Santa Fe, in der *Indian School*«, sagt sie auf Robertos Frage nach der italienischen Gruppe.

Roberto geht in sein Zimmer und holt das *cellulare* aus dem Koffer. Er hat vergessen, ob es zu Hause in Venedig acht Stunden früher oder später ist. Nie merk ich mir das, denkt er. Was merk ich mir überhaupt? Aber Sandra hat ihm vor dem Abflug noch gesagt: Denk nicht an Zeitunterschiede, ruf einfach an, wann immer du anrufen möchtest. Er wählt Sandras Nummer und hört ihre Stimme so nahe, als wäre sie nicht tausende von Kilometern weit weg.

»Wie spät ist es bei dir?«, fragt er. Er sieht sie vor sich, wie sie sich umdreht und auf den Wecker neben ihrem Bett schaut. »*Non importa*«, sagt sie. »Aber es ist halb drei Uhr früh.«

»*Scusa*«, sagt er, weil er nicht weiß, was er sagen soll.

»Es läuft nicht gut da drüben?«, fragt sie.

»Nein, nicht sehr gut«, sagt er. »Ich verstehe diese Leute hier nicht.«

»Du meinst, ihr Englisch?«

»Nein, die Sprache ist nicht das Problem. Überraschenderweise. Aber ich verstehe nicht, wie sie denken, wie sie eine Untersuchung führen.«

»Und Chiara – wie geht es ihr?«, fragt Sandra besorgt.

»Ganz gut«, sagt Roberto. »Sie sagt, sie wird –«

In diesem Augenblick hört Roberto den Schrei. Es ist ein Schrei wie in höchster Todesangst, schrill und verzweifelt.

Roberto lässt sein *telefonino* fallen und hetzt aus dem Zimmer. Ein zweiter Schrei folgt, der Roberto die Richtung weist. Roberto läuft den Gang entlang zu einer halb offenen Zimmertür. Er hat im Lauf der Jahre gelernt, eine Situation mit einem Blick zu erfassen. Die junge Frau, die da gegen die Wand gedrückt steht. Vor ihr der Mann mit dem hoch erhobenen Golfschläger in der Hand. Die junge Frau starrt mit angstgeweiteten Augen auf den Boden. Eingeringelt auf einem Paar staubiger Turnschuhe liegt eine große Schlange mit einem dekorativen bräunlichen Muster auf dem Rücken. Erhobener Kopf, nervös spielende Zunge.

Roberto fängt den herabsausenden Arm samt Golfschläger ab. Mit Mühe. Ganz kurz denkt er an die vielen versäumten Nahkampfstunden.

Der Golfarm ist gut trainiert. Und wehrt sich.

Dann die Stimme der Dunkeläugigen vom Empfang. Richtig, Marge, heißt sie, jetzt fällt es ihm wieder ein. »Das ist Jay«, sagt sie ruhig. »Eine *bullsnake*. Jay liebt Schuhe. Er wohnt bei uns.« Sie wirft dem Mann mit dem Golfschläger einen verächtlichen Blick zu. »*Bullsnakes* sind nicht giftig.«

»Kann ja keiner wissen«, murrt der.

Jay schlängelt sich hinter Marge den Gang entlang und verschwindet im Büro des Gästehauses. Marge dreht sich nach Roberto um, bleibt stehen. »Ich danke Ihnen«, sagt sie. »Es bringt Unglück, eine Schlange zu töten. Außerdem mag ich Jay.«

Roberto nickt wortlos. Der Schreck kommt etwas verspätet.

»Haben Sie gewusst, dass Jay keine Giftschlange ist?«

Roberto schüttelt den Kopf.

»Sie haben ihn trotzdem gerettet«, stellt Marge fest.

Hätte auch schief gehen können, denkt Roberto. Dann wäre der Golfspieler oder ich jetzt unterwegs zum Krankenhaus.

Marge scheint etwas zu überlegen. »Sprechen Sie mit Luis Baca«, sagt sie schließlich.

»Das würde ich ja gern. Aber er will mich nicht treffen«, sagt Roberto.

»Das kann sich ändern«, antwortet Marge.

»Und wo finde ich ihn?«

»Cochiti-Pueblo«, sagt sie. »Jeder dort kann Ihnen zeigen, wo er wohnt.«

»Und wann?«, fragt Roberto.

»Ich sage Ihnen Bescheid.« Die Lagunenaugen lächeln.

»Danke«, sagt Roberto.

Das unterbrochene Gespräch mit Sandra fällt ihm ein. Sie hat den Schrei mitgehört und beunruhigt am Telefon gewartet. »Ist alles in Ordnung?«, fragt sie.

»Ja«, sagt Roberto. »Nur ein kleiner Zwischenfall mit einer Schlange. Aber ich muss jetzt weg. Ich ruf wieder an. *Ciao.*«

Sie sagt noch schnell etwas.

»Ja«, sagt Roberto. »Ich liebe dich auch.«

Er schaut auf die Uhr. Er will genau das machen, was Luca an jenem unglückseligen Abend gemacht hat. Zeitgleich. Und überhaupt so gleich wie möglich. Mit einem Unterschied selbstverständlich. Er denkt nicht daran, sich von den Klippen stoßen zu lassen.

Roberto geht den Weg, den vermutlich Luca drei Tage zuvor gegangen ist. Vorbei an den schwarzen Felsen und dem Haus, in dem der Mann mit den beiden Hunden wohnt. Er durchquert einen niedrigen

Canyon und kommt zu der asphaltierten Straße, die zu den Cliff Dwellings führt.

Das Tor ist wie erwartet verschlossen. Roberto geht den Zaun entlang und findet eine Stelle, an der der alte Maschenzaun nicht am Boden anliegt. Hier haben sich schon viele eingeschlichen, die keine Eintrittsgebühr zahlen wollen, das ist offensichtlich.

Er biegt den Draht noch weiter hoch und kriecht mühsam darunter durch. Er kommt sich idiotisch vor dabei. Wenn mich jemand erwischt, werde ich noch verhaftet, denkt er. Er klopft roten Staub von seiner hellen Leinenhose. Dann klettert er die Leiter hoch, kommt zu dem Weg, den er am Vormittag gemeinsam mit Tibbs gegangen ist. Die Sonne zelebriert mit einem unglaublichen Aufwand an Farben ihren Untergang. *Land of Enchantment,* hört er Tibbs sagen. Da ist schon was dran. Die Weite ist atemberaubend. Allerdings fehlt das Meer, stellt Roberto kritisch fest. Er ist mit Wasser aufgewachsen. Eine Landschaft, der es so sichtbar an Wasser mangelt, hat für ihn bei aller Schönheit auch etwas Bedrohliches.

Er steht vor einer der obersten Wohnhöhlen. Tief unter ihm der Boden des Canyons, der einmal fruchtbares Land war. Etwas Eigenartiges geschieht. Roberto hat das Gefühl, als würde er von einer Energiespirale erfasst und im nächsten Augenblick hochgewirbelt. Die Geräusche der Welt setzen aus. Sogar der Wind macht Pause. Zeit existiert nicht mehr. Auf eine beunruhigende Weise fühlt er seine Individualität aufgehoben. Er ist Teil von etwas Größerem, ob er das nun will oder nicht.

So schnell, wie ihn der Energiewirbel erfasst hat, lässt er ihn auch wieder los.

Sind das die Geister der Anasazi, von denen Luis Baca von der *Tribal Police* gesprochen hat?

Es ist wichtig, sich in die Situation des Opfers zu versetzen, weiß Roberto. Daraus holen wir vermutlich die Energie, den Täter zu jagen. Mit Pflichtbewusstsein allein löst man keine Fälle. Ob Luca genau hier gestanden hat? Hat er diesen Energiewirbel gespürt? Was hat er gedacht? Hatte er Angst? Sah er die Gefahr? Oder wurde er überrascht?

Die Dämmerung kommt ebenso schnell wie die Kühle der Nacht. Das hier ist kein Land der weichen Übergänge. Ich muss zurück, ehe es völlig finster ist, denkt Roberto. Er hört so etwas wie ein Flüstern. Dann ein Rascheln. Dann etwas, das eine menschliche Stimme sein könnte. Ein kurzer Ruf, der schnell unterdrückt wird. Oder war es doch ein Tier?

Großartig, sagt Roberto zu sich selbst, was hab ich mir eigentlich dabei gedacht? Meine Beretta liegt in der Waffenkammer der Questura. Mein *radio portabile* im Schreibtisch. Selbst wenn ich das Funkgerät mithätte – da ist weit und breit niemand, bei dem ich Verstärkung anfordern könnte. Kein Piero, der jederzeit für mich da ist. Nicht einmal ein übereifriger römischer Kollege, der mir das Leben retten will. Dabei treibt vielleicht in diesen Cliff Dwellings ein Irrer sein Unwesen, der etwas gegen Touristen hat. Besonders gegen italienische Touristen. Roberto horcht angestrengt. Da ist wieder das Flüstern, diesmal hinter ihm. Und ein anderes Geräusch, das er nicht einordnen kann. Etwas wie Zähneklappern. Nein, anders. Rasseln?

Nicht einmal eine Taschenlampe hab ich dabei, stellt er verärgert fest. Entschlossen beginnt er den Abstieg, vermeidet es, zu nah an den dunklen Höhlen vorbeizugehen, setzt die Schritte sehr vorsichtig. Aber er weiß, dass er gegen einen verborgenen Angreifer kaum eine Chance hätte, und hasst dieses Gefühl des Ausgeliefertseins. Er kann es nicht leiden, wenn er sich selbst in Situationen bringt, die er nicht unter Kontrolle hat. Als er schließlich wieder bei dem Loch am Zaun ankommt, merkt er, dass ihn in seinem nass geschwitzten Hemd fröstelt.

26

Was sind schon zweitausend Meter im Vergleich zu den Entfernungen der Galaxie?

Trotzdem scheint der Sternenhimmel hier in dieser Höhe um vieles näher zu sein als in Venedig. Keine dunstige Feuchtigkeit hindert die Sicht, keine Industrieabgase aus Marghera und Mestre dämpfen den Einfall des Lichts.

Noch nie hat Roberto so viele Sterne so nahe gesehen. Jeder von ihnen eine Sonne mit wer weiß wie vielen Planeten. Ob auch dort irgendwo ein Polizist mit dem Gefühl der eigenen Unzulänglichkeit auf der Suche nach Antworten ist? Oder braucht man anderswo keine Polizisten? Ist die Erde der einzige Planet, auf dem Menschen einander so ziemlich alles antun, was denkbar ist?

Am Empfang im Gästehaus steht ein junger Indianer, den Roberto noch nie gesehen hat. Schweigend reicht er ihm den Schlüssel, den richtigen, wie Roberto feststellt.

Roberto stellt sich unter die Dusche, dankbar für das heiße Wasser und die Wirkung, die es auf ihn hat.

Es ist halb zehn. Noch nicht zu spät, um vielleicht

ein paar Antworten zu bekommen auf Fragen, die ihn beschäftigen.

Er findet Girotti und die *ragazzi* im Speisesaal. Die Spuren von Chili, Tacos, Nachos, Burritos, Enchiladas und Co. sind noch auf dem Tisch zu sehen.

»Ich mache euch einen Vorschlag«, sagt Roberto nach einem kurzen »*Ciao, tutti*«. »Bis Mitternacht bin ich in der Bibliothek zu finden. Wer mir etwas zu sagen hat, ist herzlich eingeladen, es jetzt zu tun.«

Roberto hat die Bibliothek für sich. Er breitet seine Notizen vor sich aus und beginnt damit, seine Wer-Wann-Wo-Liste aufzustellen. Es ist schon seltsam, denkt er, dass jeder an diesem verhängnisvollen freien Abend allein etwas unternommen hat.

Girotti hat um halb acht Chiara getroffen, etwa eine Viertelstunde mit ihr geredet, war dann laufen im Canyon. Sagt er. Kein Alibi.

Bruna ging noch vor Chiara weg, zur Santa-Clara-Ranch. Sagt sie. Kam zurück, als Chiara schon wieder im Zimmer war. Kein Alibi.

Fabio ... Was hat der eigentlich an dem Abend getan? Roberto wühlt in seinen Notizen, als die Tür zur Bibliothek aufgeht. Roberto schaut auf. Wieder fällt ihm Terence Hill ein. Girotti setzt sich, fährt sich nervös durch dic sonnengebleichten Haare, richtet besorgte Blauaugen auf Roberto. Wirkt, als hätte er die letzten Nächte schlecht geschlafen. Die Lachfalten machen Pause.

Roberto wartet.

»Sie haben mit Chiara geredet?«, fragt Girotti schließlich. »Wie geht es ihr?«

»Nun, es könnte ihr vielleicht besser gehen, wenn alle bei der Wahrheit geblieben wären«, sagt Roberto.

»Ich weiß«, seufzt Girotti. »Aber was hätte ich denn tun sollen? Chiara hat doch ausgesagt, dass sie an dem Abend überhaupt nicht weg war. Hätte ich sagen sollen, das stimmt nicht? Und als Alibi war unser Treffen sowieso ungeeignet. Sie hätte ja noch immer Zeit gehabt, zu den Cliff Dwellings zu gehen. Nicht, dass ich glaube, sie hat es tatsächlich getan«, fügt er hastig hinzu.

Roberto sagt nichts.

Ein Kojote heult.

Dann ist es wieder still.

Etwas zirpt laut. Zikaden?

Wieder Stille.

»Ich wollte Chiara nicht belasten«, sagt Girotti nach einer Weile.

»Chiara oder sich selbst?«, fragt Roberto sehr direkt. »Auch Sie hätten noch Zeit gehabt, in die Cliff Dwellings zu gehen.«

Girotti schaut überrascht, nickt dann langsam.

»Weswegen haben Sie Chiara vor Luca gewarnt?«, fragt Roberto. »Etwas Kriminelles, hat Chiara gesagt. Was genau?«

Blauauge fährt sich mit der Hand durchs verstruwwelte Blondhaar. »Wahrscheinlich bin ich schuld an Lucas Tod«, sagt er langsam.

Roberto hält kurz den Atem an. Wird das hier ein Geständnis? »Inwiefern?«, fragt er so beiläufig wie möglich. Bloß jetzt nicht den Redefluss unterbrechen.

»Luca dürfte gar nicht hier sein«, sagt Girotti. »Er hat eine eher unzureichende Arbeit abgeliefert, die ihn für das Projekt nicht qualifiziert hat.«

»Und warum ist er hier?«, fragt Roberto. War er, will Roberto korrigieren, lässt es aber dann sein. Luca ist ja noch hier, in einem Schiebefach des pathologischen Instituts von Santa Fe.

»Ich habe eine Drogenvergangenheit«, sagt Girotti. »Ist Jahre her, aber eine Zeit lang war ich auf Koks. Luca hat das herausgefunden. Keine Ahnung, wie. Er war ja erst ein paar Monate an unserer Schule.«

»Wollen Sie damit sagen, er hat Sie erpresst?«

»Vermutlich kann man es so nennen«, nickt Girotti. »Ich weiß nicht, ob Sie Gastaldi kennen, den Direktor ...«

Roberto nickt.

»›Null Toleranz bei Drogen‹ ist seine Devise. Das gilt für Schüler, aber erst recht für Lehrer. Ich bin gern am *Liceo Marco Polo*.«

Roberto wartet. Wird es nun ein Geständnis oder nicht?

»Luca wollte unbedingt mit nach New Mexico«, sagt Girotti. »Wegen Chiara, nehm ich an. Als erste Reaktion redete ich mir ein, dass seine Arbeit gar nicht so schlecht war. Dann wurde mir klar, dass ein erpressbarer Lehrer eine Katastrophe ist. Dass ich mit Gastaldi reden muss. Aber das wollte ich erst nach unserer New-Mexico-Reise tun. Um das Projekt nicht zu gefährden.«

Das Projekt oder seinen Job?, denkt Roberto. Aber er sagt es nicht. Girotti soll jetzt reden.

Der weiß auch so, was Roberto denkt. »Sie glauben doch nicht, dass ich einen Schüler umbringe, bloß weil ...« Er lässt den Satz in der Luft hängen.

Roberto greift ihn auf. »Bloß weil er Ihnen die Karriere vermasseln kann? Da kann ich Ihnen von Fällen erzählen, wo wegen wesentlich geringerer Motive munter drauflosgemordet wurde.«

Jetzt schweigt Girotti.

»Aber ich kann Ihnen einen anderen Grund sagen, der für Ihre Unschuld spricht«, sagt Roberto. »Sie hätten wohl kaum Chiara vor Luca gewarnt, wenn Sie vorgehabt hätten, ihn umzubringen. Sie mussten damit rechnen, dass Chiara darüber redet. Und dass Ihr Motiv offensichtlich wird.«

»Sagen Sie mir, was ich tun kann, um Chiara da herauszuholen«, sagt Girotti. »Wenn es irgendwie hilft, wiederhole ich alles, was ich Ihnen gesagt habe, vor den amerikanischen Polizisten. Vielleicht sperren sie dann mich ein. Die brauchen doch bloß einen Täter.«

Roberto schüttelt den Kopf. »Ich glaube nicht, dass das jetzt sinnvoll ist.«

»Es ist meine Schuld«, sagt Girotti. »Wenn ich sofort reinen Tisch gemacht hätte, zu Hause, in Venedig, dann wäre Luca gar nicht erst mitgekommen und noch am Leben.«

»Wer weiß das schon so genau«, sagt Roberto. Und er denkt: Vielleicht wäre er dann aus dem dritten Stock des Gymnasiums gefallen.

»Zurück zur Wer-Wann-Wo-Liste«, murmelt Roberto, nachdem Girotti gegangen ist. Er sucht in den Unterlagen nach den Notizen, die er bei dem Gespräch mit Fabio Taliani gemacht hat.

»Ist der Täter schon eingekreist?«, fragt eine muntere Stimme von der Tür her. »Schnappt die Falle demnächst zu? Fehlt nur noch das letzte kleine Indiz, um den Unhold dingfest zu machen?« Fabio lehnt am Türrahmen.

»Luca ist tot und Chiara im Gefängnis«, sagt Roberto müde. »Das hier ist kein Gesellschaftsspiel.«

Fabio greift in die Jackentasche und zieht einige kleine gelbe Post-it-Zettel heraus. »Ich hab mein Buch über die Anasazi-Kultur nicht gefunden und dachte, Daniele hätte es sich vielleicht ausgeborgt.«

Roberto schaut ihn abwartend an.

»Ich hab es wirklich dringend gebraucht«, fährt Fabio fort.

»Kurz gesagt: Du hast Danieles Sachen durchsucht«, stellt Roberto fest.

»Würd ich nie tun«, grinst Fabio. »Aber bei der Fahndung nach meinem Buch hab ich das hier in Danieles Brieftasche gefunden.«

»Wo man ja üblicherweise geliehene Bücher unterbringt«, bemerkt Roberto.

Fabio legt die Zettel auf den Tisch. Drei sind es. Beschrieben mit blauem Kugelschreiber. Blockbuchstaben. »Schwule Sau«, steht auf einem. »Hitler hatte Recht«, auf einem zweiten. Der dritte hat einen längeren Text: »Du sollst nicht beim Knaben liegen wie beim Weibe, denn es ist ein Gräuel. (3. Buch Mose)«

»Das ganze Spektrum menschlicher Intoleranz auf drei kleinen Zetteln«, sagt Roberto. »Ist Daniele homosexuell?«

»Sind Sie hetero?«, fragt Fabio. »Ich meine, wie soll ich das wissen? Er hat mir jedenfalls keinen unsittlichen Antrag gemacht.«

»Warum trägt jemand diese Zettel mit sich herum?«, überlegt Roberto. »Weil er sie bekommen oder weil er sie geschrieben hat?«

»Sie können ja Daniele fragen. Aber sagen Sie ihm nicht, woher Sie die Dinger haben. Vielleicht hat es auch gar nichts zu tun mit der anderen Sache«, sagt Fabio. Er geht zur Tür. »Ich mach jetzt lieber Platz für eventuelle Geständniswillige.«

Roberto schaut ihm nach, dann auf die Zettel. Wer hat sie geschrieben? Und an wen? Stimmt es überhaupt, dass Fabio sie bei Daniele gefunden hat? Hat er sie selbst geschrieben, um jemand anderen zu belasten? Hat er das perfekte Verbrechen begangen? Einen Mord ohne Sinn, ohne Motiv? Roberto schüttelt den Kopf. Absurd. Andererseits …

Da ist die gesuchte Notiz über das Gespräch mit Fabio. Wo war er an dem fraglichen Abend? Erst in der Bibliothek. Dann auf dem Friedhof in Galisteo. Sagt er. Kein Alibi.

Roberto zieht Linien, setzt Namen ein, Uhrzeiten. Die Zeittafel sagt es eindeutig: Niemand hat ein Alibi. Jeder Einzelne aus der italienischen Gruppe hätte Zeit gehabt, Luca in die Cliff Dwellings zu folgen.

Roberto schaut auf die Uhr. Fast Mitternacht. Weder Daniele noch Bruna haben also das Bedürfnis, mit ihm zu reden. Was bedeutet das?, denkt er. Vielleicht einfach, dass sie nichts zu sagen haben.

Er sammelt seine Notizen ein.

Ein seltsames Geräusch, etwas zwischen Lachen und Bellen unterbricht die Stille. Gibt es hier Hyänen? Ich weiß zu wenig über New Mexico, denkt Roberto. Genau genommen weiß ich überhaupt viel zu wenig.

27

Roberto erwacht mit dem Gefühl, dass an diesem Tag etwas Entscheidendes geschehen wird. Ist auch höchste Zeit, findet er. Im nächsten Augenblick macht ihn der Gedanke an eine bevorstehende Lösung des Falles unruhig. Hab ich tatsächlich Angst, Chiara könnte doch etwas mit Lucas Tod zu tun haben? Meine eigene Nichte?

Er einigt sich mit sich selbst darauf, dass seine Unruhe ausschließlich damit zusammenhängt, dass er den Tag mit dünnem amerikanischem Morgenkaffee beginnen wird. Er sieht den morgendlichen *macchiato* in der Palanca-Bar vor sich und seufzt unwillkürlich.

Zu seinem Erstaunen wartet Tibbs an der Rezeption. Er spricht mit Marge, schaut sich um, als er Robertos Schritte hört, und geht ihm entgegen. »Ich wollte Sie gerade wecken lassen. Dachte, wir fahren gemeinsam nach Cochiti.«

Woher weiß dieser Tibbs schon wieder, dass Luis Baca mit mir reden will?, überlegt Roberto. Aber er sagt nichts, sondern lächelt den Lagunenaugen zu. »Passen Sie auf Jay auf.«

Marge lächelt zurück.

»Wer ist Jay?«, fragt Tibbs.

Endlich einmal etwas, das er nicht weiß, denkt Roberto. »Eine *bullsnake*«, antwortet er.

»Bruder Schlange für die Indianer«, sagt Tibbs. »*Bullsnakes* gelten als Glücksbringer.«

»Na hoffentlich hält sich Jay dran«, sagt Roberto. »Er ist mir was schuldig.«

Tibbs steuert auf den staubigen Lexus zu. »Ich hab noch nicht gefrühstückt. Sie?«

Roberto schüttelt den Kopf. »Meinen Sie, ich kann hier irgendwo einen anständigen Espresso kriegen?«

»*Harry's Roadhouse*«, sagt Tibbs und gibt Gas.

Harry's Roadhouse hat eine Espressomaschine von Vertrauen erweckenden Dimensionen, wie Roberto sofort feststellt. Ein gut gelaunter dunkelhäutiger Kellner im knallbunten Hawaiihemd nimmt sie in Empfang, ortet im scheinbar voll besetzten Lokal zwei freie Plätze an der Theke, empfiehlt die *specials* des Tages und nimmt ihre Bestellung auf. *Breakfast Burrito* für Tibbs. *Waffles* mit Orangenbutter, frischer Ananas und Ahornsirup für Roberto. Der doppelte Espresso dampft und duftet. Ich bin ein Drogenabhängiger, denkt Roberto. Ohne Kaffee geht bei mir gar nichts.

Der Kellner singt ein paar Takte. Gar keine schlechte Stimme. Vielleicht wollte er eigentlich Opernsänger werden. Welche Pläne wohl Luca Pizzini für sein Leben hatte?

»Wir werden einen Anwalt für Chiara brauchen«, sagt er.

Tibbs häuft Chili und Bohnen auf einen Löffel. »Zehn Anwälte aneinander gekettet auf dem Grund der Hudson Bay. Wissen Sie, was das ist?«, fragt er.

Roberto schüttelt den Kopf.

»Gar kein schlechter Anfang«, sagt Tibbs vergnügt.

Roberto lacht nicht.

Auch Tibbs wird ernst. »Es gibt ein neues Angebot. Chiara gibt zu, dass es einen Streit gegeben hat, dort in den Cliff Dwellings. Eine unbedachte Bewegung, vielleicht ein Gerangel zwischen den beiden und der Junge stürzt ab. Ein Unfall. Keine Anklage. Ihre Nichte kann nach Hause zurück.«

»Und muss damit leben, dass alle denken, sie hätte ihn vielleicht doch umgebracht? Außerdem – der wahre Schuldige, was ist mit dem?«

»Besser wird das Angebot nicht«, sagt Tibbs.

»Ich will die Wahrheit«, sagt Roberto.

»*Have a great day, you guys*«, sagt der fröhliche Kellner, als Tibbs gegen Robertos Widerstand für das Frühstück bezahlt hat.

Roberto bezweifelt plötzlich, dass es ein großartiger Tag werden wird.

Highway 25, südwärts, vorbei an Santa Fe. Zwanzig Minuten später die Abzweigung nach Cochiti Pueblo. Sie sprechen wenig auf dieser Fahrt.

Am Eingang zum Ort steht eine Tafel. Betreten des Pueblos nur mit gültigem *permit*. »Die Leute hier wollen ein normales Leben führen«, sagt Tibbs. »Ohne Touristen, die in Scharen einfallen und ungeniert alles fotografieren.«

»Verständlich«, nickt Roberto. »Wir haben ein ähnliches Problem in Venedig.«

Tibbs lacht. »So hab ich das noch nie gesehen.« Er verschwindet in einem Gebäude und kommt kurz darauf wieder zurück.

»Wir sind schon angekündigt worden«, sagt er.

Sie fahren auf einer staubigen, fast menschenleeren Straße zwischen lehmbraunen Adobe-Bauten. Ein Hund sucht nach Essensresten. Ein alter Mann mit langen weißen Haaren und rotem *bandanna* als Stirnband lädt Holz auf einen Karren. Der Wind treibt zusammengeballte getrocknete Pflanzen vor sich her. *Tumbleweeds* wie im Western. Gleich hör ich Filmmusik, denkt Roberto. *Spiel mir das Lied vom Tod* oder so was Ähnliches.

Tibbs zeigt auf einen Rundbau, der offenbar nur von oben mit einer Leiter zu betreten ist. »Die Kiva«, sagt er. »Der Raum für religiöse Rituale. Streng tabu für jeden Weißen. Wie man hört, entdecken die Indianer ihre Naturreligion wieder. Aber sie bleiben bei all ihren Zeremonien unter sich. Mit einer Ausnahme. An einem *feast day* im Jahr zeigen sie ihre rituellen Tänze für Besucher.«

»Halten sich die Besucher daran?«, fragt Roberto und deutet auf das Schild *»No visitors beyond this point«*.

Tibbs lacht. »Eher schon. Seit bekannt wurde, dass man auf der Stelle vom *Tribal Governor* abgeurteilt werden kann.«

Tibbs hält vor einem Weg, der zu einem einfachen würfelförmigen Haus führt. »Hier wohnt Luis Baca«, sagt er. Roberto will aussteigen, aber Tibbs hält ihn zurück. »Warten Sie«, sagt er. »Es wäre sehr unhöflich, sofort auf sein Haus zuzugehen. Wir müssen ihm Zeit geben, sich zu entscheiden, ob er Besucher empfangen will oder nicht.«

»Und wenn nicht?«

»Ganz einfach. Dann kriegen wir ihn nicht zu Gesicht.«

»Aber wir wollen doch dringend mit ihm reden«, sagt Roberto.

»Eben«, antwortet Tibbs.

Roberto erinnert sich an den Krimi, den er vor seiner Abreise gelesen hat. »Und was sag ich zu ihm, falls er mit uns reden will?«, fragt er. »*Ya-ta-hej, hosteen Baca*?«

Tibbs grinst. »Besser nicht. *Hosteen* heißt ›ehrwürdiger Alter‹ und Baca ist höchstens fünfunddreißig. Der Navajo-Gruß von einem Weißen wird als anbiedernd empfunden. Ich empfehle ein einfaches ›*Hello, Mister Baca*‹. Es wäre auch gut, wenn Sie sich ihm ein wenig ausführlicher vorstellen. Das gilt als Zeichen der Höflichkeit.«

Nach etwa fünf Minuten öffnet sich die Tür des Hauses. Der Mann, der da steht, ist Roberto sofort sympathisch. Ein paar Kilo zu viel. Mächtiger Oberkörper, Bauchansatz. Breites Gesicht, halblange schwarze Haare, wache Augen. Keine Uniform, sondern Jeans und buntes Hemd. Sehr buntes Hemd.

Sein Gesicht zeigt nicht die mindeste Regung, als er Roberto und Tibbs begrüßt.

Er geht voraus in einen Wohnraum, der äußerst

sparsam möbliert ist. Ein Sofa, zwei Lehnstühle, ein niedriger Tisch. In einer Ecke des Raumes ein Fernsehapparat. Auf einem Wandregal aus groben Holzbrettern stehen einige getöpferte Schalen aus schwarzem Ton. Glänzende Muster auf mattem Grund. Roberto ist kein Fachmann, aber die hohe künstlerische Qualität ist offensichtlich.

»Kaffee?«, fragt Luis Baca.

Roberto will schon ablehnen, aber Tibbs ist schneller und sagt dankend zu.

Luis Baca verschwindet, man hört ihn im Nebenraum hantieren.

»Erst wenn er uns bewirtet, sind wir seine Gäste«, sagt Tibbs. »Fremde kann er schnell wieder loswerden. Gästen schuldet er eine gewisse Höflichkeit.«

Roberto nickt, das erscheint ihm logisch. Dem indianischen Kaffee sieht er allerdings mit Skepsis entgegen.

Er wird angenehm überrascht. Der Kaffee ist schwarz und kräftig. Baca setzt sich auf das Sofa, ihnen gegenüber.

»Ich bin Commissario Roberto Gorin aus Venedig«, beginnt Roberto. »Chiara – die Verdächtige – ist meine Nichte. Ich wäre Ihnen sehr dankbar, wenn Sie uns bei der Aufklärung des Falles helfen könnten.«

Baca schaut ihn sehr ruhig an. »Es ist nicht mehr mein Fall«, sagt er. »Man hat der *Tribal Police* die Zuständigkeit entzogen. Obwohl sich die« – er scheint kurz zu zögern – »die Ereignisse auf dem heiligen Boden unserer Vorfahren zugetragen haben.«

»Sehr bedauerlich«, wirft Tibbs ein. »Leider ist das Ganze zu einer politischen Sache geworden. Seit im Irak der italienische Geheimagent Calipari von Amerikanern getötet wurde, ist die Beziehung zwischen den beiden Ländern sehr gespannt.«

»Dieser Krieg ist nicht unsere Sache«, sagt Baca verächtlich. »Es ist ein Krieg der Weißen. Es ist ein Krieg um Öl und um Geld. Den Italien bereitwillig unterstützt hat. Ein Land, das Soldaten in den Irak schickt, muss die Folgen tragen.«

Roberto denkt an die regenbogenfarbene Flagge mit der Aufschrift »*Pace*«, die seit Beginn des Irakkrieges von seiner kleinen Terrasse zum Campo di San Cosmo weht. »Aber es ist Ihr Land, das diesen Krieg begonnen hat«, sagt er. Er hört, wie Tibbs neben ihm die Luft einzieht. »Ich habe nicht Berlusconi gewählt – und Sie vermutlich nicht Bush.«

Baca verharrt regungslos.

Ganz falsch, denkt Roberto, ich habe es völlig falsch angepackt. Warum kann ich mich nie zurückhalten, wenn ich mich ungerecht behandelt fühle? Der indianische Polizist wird warten, bis wir unseren Kaffee getrunken haben, und uns dann höflich, aber bestimmt auffordern zu gehen.

Baca scheint noch immer in tiefes Nachdenken versunken. Roberto schweigt ebenfalls – in dem Gefühl, dass alles, was er sagt, die Sache noch schlimmer macht. Tibbs trinkt seinen Kaffee in kleinen Schlucken. Er vermeidet es, Roberto anzusehen.

Plötzlich holt Baca tief Luft. »Meine Schwester Marge kennen Sie ja«, sagt er.

Roberto nickt. Seine Schwester also.

Baca deutet mit einer Kopfbewegung zu dem Regal mit den wunderschönen Schalen. »Marge hat sie gemacht.« Pause. Roberto wartet. Baca spricht weiter, als würde er nicht mehr mit Roberto reden. »Vor zwei Wochen war *Indian Market* in Santa Fe. Viele Künstler stellen da aus. Hoffen, dass sie etwas verkaufen. Zu Marge kam ein Mann, der eine große Galerie besitzt. Er will ihre Arbeiten ankaufen und sie in einer Ausstellung zeigen.«

Baca macht wieder eine Pause. Roberto überlegt, welcher Zusammenhang zwischen seinem Anliegen und der Ausstellung der Töpferarbeiten von Luis Bacas Schwester bestehen könnte.

»Die Ausstellung wird erst in New York gezeigt und dann in Rom«, fährt Luis Baca fort. »Rom, Italien.«

Wieder Pause. Was wird das?, denkt Roberto. Eine Belehrung zum Thema Ausbeutung der Indianer durch Kunsthaie?

»Ich werde Marge zu den Ausstellungseröffnungen begleiten«, sagt er. »Und ich frage mich, wie ich reagieren würde, wenn in Rom jemand zu mir sagt: ›Oh – Sie kommen aus dem Land, das den Irakkrieg begonnen hat.‹«

Er schaut Roberto jetzt voll an. »Marge ist eine wunderbare Künstlerin, aber sie ist fast noch besser im Einschätzen von Menschen. Gehen wir.«

Baca steht auf, öffnet die Tür zu einem Nebenraum. Roberto sieht einen offenbar technisch perfekt ausgerüsteten Computer-Arbeitsplatz. Ein seltsamer Gegensatz zu dem einfachen Haus, das eigentlich mehr eine Hütte aus Lehmziegeln ist. Baca kommt wieder und trägt jetzt eine ärmellose dunkelblaue Polizeiweste über dem bunt bedruckten Hemd.

»Cliff Dwellings«, sagt er. »Am besten folgen Sie mir. Ich kenne eine Abkürzung.«

Sie fahren in der dichten Straubfahne hinter Luis Baca in seinem kleinen roten Pick-up her.

»Was halten Sie davon?«, fragt Roberto.

»Ich weiß nicht, was ich davon halten soll«, sagt Tibbs. »Ich bin noch immer dabei, mich von dem Schrecken zu erholen, dass Sie Baca an seine amerikanische Staatsbürgerschaft erinnert haben. Aber offenbar war es genau der richtige Auslöser, um ihn aus der Reserve zu holen.«

Baca hält vor dem Tor im Maschenzaun. Er zieht einen Schlüssel aus der Tasche, sperrt auf, geht vor zu der polizeilichen Absperrung. Er hält plötzlich ein Taschenmesser in der Hand und schneidet mit einem verächtlichen Laut das gelb-schwarze Band durch. Tibbs runzelt die Stirn und Roberto weiß, was er meint. Es braucht eine amtliche Genehmigung, um die Absperrung zu entfernen. In Italien jedenfalls und vermutlich ist es hier nicht anders.

Nach wenigen Schritten bleibt Baca stehen, mit ihm Tibbs und Roberto. Offenbar erweist er den Anasazi dieselbe Höflichkeit bei Besuchen, die er selbst erwartet.

Dann geht er schnell und trotz seiner Körperfülle mit erstaunlich geschmeidigen Bewegungen weiter. Roberto kann kaum Schritt halten. Selbst Tibbs, der sehr schlank ist, atmet schneller.

Dann stehen sie wieder vor der Wohnhöhle, in der die Fußspuren von Chiara und Luca gefunden wurden.

»Ich habe das Spurenlesen von einem Großonkel gelernt«, sagt Baca. Er atmet nach der Anstrengung des Aufstiegs kein bisschen schneller. »Ich war vier Jahre, als er mit dem Unterricht begonnen hat.« Er zeigt auf die Spuren im Sand. »Die Weißen machen viele Fehler. Einer davon ist, dass sie nicht daran denken, dass man auf seine eigenen Spuren steigt. Der junge Italiener war hier.« Er deutet auf einen sehr typischen Abdruck mit Zacken und Ringen. »Das Mädchen auch.« Er zeigt auf einen anderen Schuhabdruck. Kleiner, ein Profil mit Querrippen. »Aber sie waren nur einmal hier. Nicht noch ein zweites Mal.«

»Weder Luca noch Chiara?«, fragt Roberto. Er spürt, wie sich die Haare auf seinen Unterarmen aufstellen. Und er weiß, dass er sehr bald die Antwort auf die dringendste seiner Fragen wissen wird.

Baca nickt. »Der Junge ist nicht von hier abgestürzt.« Er deutet nach oben, an den Rand der Klippen, die etwas überhängen. Es führt kein Touristenweg weiter hinauf. Sie steigen über Felsen und dornige Büsche, folgen Luis Baca, der mühelos Tritt findet für seine knöchelhohen Schnürschuhe aus Leder. Ein Bergführer, der zwei Turnschuhtouristen eine Sehenswürdigkeit zeigt. Dann stehen sie vor einer niedrigen Öffnung im Tuffgestein, die vielleicht einem Tier Unterschlupf bieten könnte, aber keinem Menschen. Vor der Höhle ist ein schmaler Platz zum Stehen, dicht dahinter fallen die Klippen steil ab. »Die Anasazi haben nicht nur den Grund des Canyons, sondern auch die Hochebene bewässert. In diesen Höhlen hier haben sie Vorräte gelagert, die sie oberhalb ihrer Behausungen geerntet haben. Man hat diesen Teil der Dwellings nicht in den Touristenpfad einbezogen. Der Aufstieg ist zu steil, die Absturzgefahr zu groß. Vielleicht ist so was auch nicht interessant genug für Touristen.« Luis Baca zeigt auf eine Stelle vor dem Eingang zu der niedrigen Höhle. »Hier war es«, sagt er. »Genau hier.«

28

Daniele gehört zu den Venezianern, die spätestens in Mestre Heimweh nach der Lagune haben. Er fühlt sich unbehaglich in der trockenen Luft New Mexicos und spürt den Durst der Pflanzen fast körperlich. Ohne Wasserflasche geht er hier nirgendwo hin. Ich hätte gar nicht mitkommen sollen, denkt er. Ich hab ja vorher gewusst, dass etwas passieren würde.

Die anderen sind zum Georgia-O'Keeffe-Museum in Santa Fe gefahren. Er hat sich geweigert mitzukommen. Er muss allein sein. Ohne viel darüber nachzudenken, geht er erst ein Stück auf der Landstraße und nimmt dann den Weg zu den Felsen mit den Petroglyphen, der dann weiter zu den Cliff Dwellings führt. Ein heftiger Wind weht, wie fast immer, seit sie hier sind.

Dumpfe Schläge sind zu hören.

Daniele bleibt stehen. Etwas weiter vorn ist ein älterer Mann dabei, mit dem stumpfen Ende einer Axt einen Pfosten in die Erde zu rammen, an dem ein Schild befestigt ist. Zwei Hunde mittlerer Größe und undefinierbarer Rasse umkreisen ihn aufgeregt. Langsam geht Daniele näher. Die Hunde beginnen zu bellen, der Mann schaut auf, bringt mit einem kurzen Ruf die Hunde zum Schweigen. Er hält die Axt in der Hand und wartet auf Daniele. Auf dem Schild steht: »*Private property. No trespassing. Offenders will be persecuted.*«

Der Mann wirft Daniele einen unfreundlichen Blick zu. »Es reicht mir«, sagt er. »Da lässt man aus reiner Gutmütigkeit die Leute über das Grundstück gehen und dann hat man die Polizei am Hals. Man will ja niemandem Schwierigkeiten machen. Aber was man sieht, das sieht man, nicht wahr?«

Daniele antwortet nicht.

»Ich hab sie genau gesehen an dem Abend. Dieses Mädchen mit den kurzen blonden Haaren. Die Cops waren richtig froh darüber«, sagt der Mann. Er geht einen Schritt auf Daniele zu. »Und dich, dich hab ich doch auch gesehen. Du warst auch da an dem Abend.«

Daniele weicht unwillkürlich einen Schritt zurück. »Das ist unmöglich«, sagt er. »Ich bin zwar ein paarmal da vorbeigekommen, aber nicht an dem Abend, an dem …« Er beendet den Satz nicht.

»Ich weiß, was ich seh«, sagt der Mann. »Jedenfalls kommt mir da keiner mehr durch. Ich will meine Ruhe haben.« Er beginnt, Stacheldraht zwischen zwei Holzpfosten zu befestigen.

Daniele macht kehrt. Und wenn nun der Mann die Polizei anruft? Es braucht offenbar nicht viel, um hier verhaftet zu werden.

Er zwingt sich erst zur Langsamkeit, wird dann immer schneller. Das letzte Stück Weges zurück zum

Gästehaus läuft er. In dem Zimmer, das er jetzt nur noch mit Fabio teilt, ist er mit einem Schritt bei seinem Bett, schlägt die Tagesdecke zurück. Kein gelber Zettel auf dem Kopfkissen. Natürlich nicht. Es wird auch keine gelben Zettel mehr geben. Höchste Zeit, dass er die anderen wegwirft, die er an den ersten Tagen gefunden hat. Er holt seine Brieftasche aus dem Rucksack. Sucht zwischen Notizzetteln und Geldscheinen. Sucht immer hastiger. Sie sind weg. Um ganz sicherzugehen, nimmt er alle Dollarnoten und die Kreditkarten heraus. Nichts. Die gelben Zettel sind verschwunden.

Daniele setzt sich auf das Bett und denkt nach.

Er fasst einen Entschluss.

29

Luis Baca zieht eine Taschenlampe aus seiner Weste. Der Lichtstrahl gleitet über den Boden der Höhle. Roberto bückt sich. Ein paar längliche Furchen im Sand, dann ein runder Abdruck, wie von einem kleinen Reifen. Kein Fußabdruck.

»Nichts«, sagt Roberto enttäuscht.

»Die Spuren hier vor der Höhle hat der Wind längst verweht«, sagt Luis Baca. Er beleuchtet eine Stelle an der länglichen Öffnung. »Fast«, sagt er.

Jetzt sieht auch Roberto einen halbrunden Abdruck, der von der Spitze eines Schuhs stammen könnte. Ein Profil ist nicht mehr zu erkennen. Aber so viel ist klar: Jemand stand oder hockte vielleicht hier vor der Höhle. Mit dem Rücken zum Abgrund.

»Was der Wind nicht verweht hat«, sagt Baca und deutet auf ein paar kleine Büsche unterhalb der Höhle, »ist das hier.«

Tibbs und Roberto beugen sich vorsichtig vor, sehen die verkümmerte Kiefer, die verdorrten braunen Äste einer stachligen Pflanze.

Baca steigt mühelos ein Stück abwärts, greift nach einem kleinen Ast. Abgebrochen. Dann nach einem anderen. Ebenfalls geknickt. »Der aussichtslose Versuch, sich irgendwo festzuhalten«, erklärt Baca. »Bestimmt findet man Blutspuren an den Dornen. Vielleicht auch irgendwo Stofffasern. Dürfte mit den heutigen Methoden keine Schwierigkeit sein, zu bestimmen, wer hier abgestürzt ist.«

Roberto spürt eine leichte Ungeduld. Wer der Tote ist, weiß man. Die Absturzstelle ist nicht das Wesentliche. Es geht darum, den Schuldigen zu finden.

Luis Baca kommt zurück, leuchtet wieder mit der Taschenlampe in das Innere der Höhle. »Der Täter hat natürlich auch Spuren hinterlassen«, sagt er.

Der Täter? Roberto sieht noch immer nichts, was auf die Gegenwart eines Menschen deuten würde.

Tibbs versteht schneller. »*Oh my God!*«

»Das hier sind die Spuren mehrerer Schlangen«, sagt Baca ruhig und deutet auf die länglichen Furchen. »Und hier hat eine Schlange zusammengeringelt gelegen.«

Der Lichtstrahl erfasst den runden Abdruck. »Der italienische Junge ist im wahrsten Sinn des Wortes auf ein Schlangennest gestoßen. Früher ging kein Mensch freiwillig in die Cliff Dwellings. Aus Respekt vor den Vorfahren. Und weil man wusste, dass jede Menge Klapperschlangen die Höhlen bewachten. ›Geister der Anasazi‹ wurde hier bei uns in der Gegend zu einer anderen Bezeichnung für *rattlesnakes*. Dann hat man diesen Touristenpfad eröffnet. Gegen den Willen der meisten unserer Leute. Es ist das Territorium der *Cochiti Reservation*, aber man findet ja immer Mittel und Wege, uns wieder zu enteignen.«

»Sie glauben also, Luca ist aus Angst vor einer Klapperschlange in den Tod gesprungen?«, fragt Roberto.

»Nicht absichtlich«, erwidert Baca. »Aber glauben Sie mir, wenn eine Klapperschlange Sie angreift, dann weichen Sie unwillkürlich zurück. Und denken nicht lang darüber nach, ob hinter Ihnen Platz genug dafür ist. Die Spuren waren sehr eindeutig. Er kam herauf, sah die Höhle, hockte sich davor, um hineinzusehen. Die Schlangen fühlten sich bedroht.«

»Aber wie wollen Sie wissen, dass Luca allein hier oben war?«, fragt Roberto.

Baca nickt. Er scheint die Frage erwartet zu haben. »Die Spuren vor der Höhle hat der Wind in den letzten Tagen verweht. Aber sie waren noch klar und deutlich am Morgen nach dem Tod des Jungen, als ich hierher gerufen wurde. Abdrücke von seinen Schuhen. Da waren nur seine und sie gingen nur aufwärts. Nicht mehr zurück.«

Roberto starrt auf den Sand vor dem Höhleneingang, in dem jetzt die Abdrücke von Bacas, Tibbs' und seinen Schuhen zu sehen sind. »Das wird nie mehr zu beweisen sein«, sagt er.

Bacas breites Gesicht wird von einem Lächeln noch breiter. »Die *Tribal Police* hält viel von Tradition.« Er langt in eine Innentasche seiner Weste und zieht eine CD heraus. »Aber in manchen Fällen greifen wir doch zur Digitalkamera.«

30

Tibbs biegt vom Highway 25 in die Cerillos Road und dann in die stillere Agua Fria Street. Er hält vor einem großen Adobe-Bau mit Vorgarten. »Kommen Sie«, sagt er zu Roberto.

Keine Firmenschilder, keine Klingeln. Keine Namen an der Tür. Tibbs öffnet mit einem Schlüssel. Schon in der Halle wird Roberto klar, dass sie sich nicht in einem Wohnhaus befinden. Der Zugang ins Innere des Hauses ist mit einem Zahlencode gesichert. Sie stehen in einem nüchternen weiß getünchten Raum. Die Tür, auf die Tibbs zusteuert, wird durch eine Karte entsperrt, die Tibbs an einer Schnur um den Hals trägt.

»Seltsame Psychiaterpraxis«, stellt Roberto fest. »Sieht aus, als hätten Sie Angst, dass Patienten den Weg zu Ihnen finden könnten.«

Tibbs lächelt nur. »Sie glauben, ich hab Sie belogen«, sagt er. »Aber *shrink* stimmt schon. Nur hat sich meine berufliche Laufbahn etwas sonderbar entwickelt.« Er macht Licht in dem Raum, der durch Jalousien abgedunkelt ist.

Roberto kann seinen Laptop halbwegs bedienen –

viel mehr versteht er nicht von Computern. Hier bedeckt ein System von Geräten eine ganze Wand. Tibbs legt die CD, die Luis Baca ihm gegeben hat, in ein Laufwerk, drückt Knöpfe. Ein Bildschirm wird hell. Die Fotos, die sie sehen, lassen an Deutlichkeit nichts zu wünschen übrig. Die Fußabdrücke von Luca und Chiara in der Wohnhöhle. Die einsamen Fußspuren Lucas, die hinaufführen zu den Vorratskammern der Anasazi. Und nicht mehr zurück.

Tibbs schaltet das Gerät ab. »Das reicht«, sagt er zufrieden.

Roberto hat seine Zweifel. »Die FBI-Leute werden nicht begeistert sein. Eine amerikanische Klapperschlange hat einen italienischen Staatsbürger auf dem Gewissen. Das ist vermutlich ein politisch unerwünschtes Ergebnis.«

»Die Jungs werden froh sein, wenn die ermittlerische Blamage nicht allzu offensichtlich wird«, sagt Tibbs. »Noch heute Abend ist Chiara bei Ihnen im Gästehaus. Dafür garantiere ich.«

»Wer sind Sie?«, fragt Roberto. »Gehören Sie zum CIA?«

Tibbs hebt abwehrend die Hände.

»Oder NSA, *National Security Agency*?«, fragt Roberto weiter. »Die klopfen doch angeblich dem FBI gern auf die Finger.«

Tibbs schüttelt den Kopf. »Ich könnte Ihnen schon drei Buchstaben nennen, aber die würden Ihnen nichts sagen. Kommen Sie, ich bring Sie jetzt zurück. Nachher muss ich noch mit ein paar Leuten telefonieren.«

»Glauben Sie, dass Luis Baca all diese Beweise für sich behalten hätte? Dass er zugeschaut hätte, wie ein sechzehnjähriges Mädchen zu Unrecht verurteilt wird?«, fragt Roberto, als sie wieder in dem alten Lexus sitzen.

Tibbs schüttelt den Kopf. »Ich weiß es nicht. Man hat den Indianern ihr Land, ihre Religion, ihre Existenz weggenommen. Das heißt, denen, die man nicht ohnehin vorher schon systematisch umgebracht hatte. Dann hat man ihnen Reservate zugeteilt. Hat ihnen autonome Verwaltung, Gerichtsbarkeit und Polizeigewalt gegeben. Nur um ihnen zu zeigen, dass letzten Endes die *belagana* – die Weißen – nach wie vor das Sagen haben, wenn es ihnen beliebt. Kann man es Luis Baca übel nehmen, wenn er sich zurücklehnt und zusieht, wie das FBI eine Ermittlung verschlampt?«

Auf diese Frage weiß Roberto keine Antwort. Er weiß nur, dass er es nicht könnte. Einfach zusehen, wie etwas geschieht, das nicht richtig ist. Aber vielleicht steht mir als Nicht-Indianer kein Urteil darüber zu, denkt er.

Tibbs hält vor dem Gästehaus. Die Krempe seines geflochtenen Panamahuts überschattet einen Großteil seines Gesichts. Roberto fragt sich, ob er ihn irgendwann ohne Hut gesehen hat. Er kann sich nicht erinnern.

Tibbs streckt ihm die Hand entgegen. »Sagen Sie mir, wann Sie zurückfliegen, jemand aus meiner Abteilung wird Sie zum Flughafen nach Albuquerque bringen.«

»Danke«, sagt Roberto nur. Wie immer, wenn er etwas Komplexes ausdrücken will, verlassen ihn die englischen Vokabeln.

Im Eingang zum Gästehaus steht Daniele, so als hätte er auf Roberto gewartet.

Roberto achtet nicht weiter darauf. Er ist in Hochstimmung. »Sag den anderen, dass …«, beginnt Roberto. Aber Daniele unterbricht ihn. Sein Gesicht wirkt angespannt. »Commissario, ich muss mit Ihnen reden.«

»Gut«, sagt Roberto. Gar nicht gut, denkt er. »Gehen wir ein Stück spazieren.«

»Ich habe Ihnen etwas verschwiegen«, sagt Daniele.

Roberto spürt trotz der Hitze etwas Kaltes in der Magengegend. Daniele? Unmöglich. Die Fotos der Fußspuren waren eindeutig. »Es ist nicht mehr wichtig«, sagt Roberto schnell.

»Doch.« Daniele klingt sehr bestimmt. »Es ist für mich wichtig. Und für mein weiteres Leben.«

Sag nichts, denkt Roberto. Was ist es?, denkt der Polizist.

»Seit wir hier angekommen sind, habe ich jeden Tag einen gelben Zettel auf meinem Kopfkissen gefunden. Widerliche Sprüche.«

Roberto kennt die Sprüche. Die gelben Zettel sind bei seinen Notizen.

»Ich hab sofort vermutet, dass Luca dahintersteckt«, sagt Daniele.

»Warum?«, fragt Roberto. »Warum Luca?«

»Ich hab es niemand anderem zugetraut.«

»Hast du ihn damit konfrontiert?«, fragt Roberto.

Daniele schüttelt den Kopf. »Ich hab ihn beobachtet. Bin ihm nachgegangen.«

Roberto will die Frage nicht stellen, aber der Polizist ist stärker. »Auch an dem Abend, als Luca noch einmal in die Cliff Dwellings ging?«

Daniele nickt.

»Und?«, fragt Roberto.

»Seit dem Tod Lucas hat die Sache mit den Zetteln aufgehört«, sagt Daniele. »Ich hatte also Recht mit meiner Vermutung.«

Roberto bleibt stehen. »Was genau möchtest du mir sagen? Bist du Luca in die Cliff Dwellings gefolgt?«

Daniele sieht ihn erstaunt an. »Aber nein. Bei dem Haus, in dem der Mann mit den Hunden wohnt, hab ich kehrtgemacht. Alles Weitere war genau wie in meiner Aussage.«

Roberto wartet.

»Ich nehme an, die gelben Zettel sind irgendwie bei Ihnen gelandet?«, fragt Daniele.

Roberto nickt.

»Ich möchte, dass Sie diese Zettel den anderen zeigen«, sagt Daniele.

»Warum?«

»Weil mich dann irgendwer fragen wird, ob ich schwul bin«, sagt Daniele.

»Das ist wichtig?«, wundert sich Roberto. »Dass dich jemand danach fragt?«

Daniele nickt. »Damit ich endlich einmal in aller Öffentlichkeit Ja dazu sagen kann.«

31

Bruna sitzt auf ihrem Bett, hat die kleine Leselampe eingeschaltet und hält ein Buch in der Hand. Aber sie liest nicht. Im zweiten Bett liegt Chiara. Sie schläft tief und fest. Spät am Abend ist sie von zwei Männern in Zivil vor dem Gästehaus abgesetzt worden.

Jubel gab es nicht. Höchstens so etwas wie stilles Aufatmen. Die Erschöpfung nach der Anspannung.

»Ich glaube, man kann die Vereinigten Staaten verklagen«, hat Daniele gesagt. »Die müssen dir eine Entschädigung zahlen. Für psychische Schmerzen.«

Chiara wollte nur schlafen.

Bruna denkt an Luca und an den Abend, an dem sie geglaubt hat, Tommaso wolle sie treffen. Wäre verliebt in sie, so wie sie in ihn. Seltsam weit weg ist das. Und unwichtig.

Sie zieht die Schublade im Nachttisch auf, nimmt das Blatt heraus und betrachtet es. Wie schon sehr oft. »Fabio« steht darunter. Und darüber die Zeichnung.

Jede Menge fliegender Schweine.

32

Sie sind alle zum Flughafen Marco Polo gekommen. Sandra natürlich und Samuele, Neris und seine Frau. Piero Salmaso, sein Kollege. Fantinelli – ja, der auch. Der Colonnello lässt sich entschuldigen. Er ist müde von einem Golfturnier. Gelächter. Umarmungen, Küsse, wieder Umarmungen. Zwei Polizeiboote liegen vor dem Flughafen bereit. Zwei! Danke, Fantinelli. Der Geruch der Lagune. Roberto atmet ihn tief ein. Das Geräusch der Wellen, die sich am Bug des Bootes brechen. Die Lichter von Murano, die näher kommen. Das nachtschwarze Wasser. Ein kurzer Gedanke an Marge.

Dann die Fragen. Schulterklopfen. »*Bravo! Grande! Fatto bene!*« Seine Beteuerungen. »Ich hab eigentlich gar nichts gemacht.« Niemand glaubt ihm. Venezianer mögen Helden. Heute Abend ist er ein Held.

Später dann, zu Hause in der Küche, die ausführliche Erzählung. Ein *macchiato decaffeinato*. Dann noch einer.

»In zwei Tagen kommt Chiara zurück, mit den anderen. Sie haben keinen früheren Rückflug zum Gruppentarif bekommen«, sagt Roberto.

Sandra ist sehr nachdenklich. »Dieser Luca war nicht gerade ein Ausbund an netten Eigenschaften. Aber Chiara hat nichts davon bemerkt. Sie hat sich ausgerechnet in ihn verliebt.«

»›Liebe macht blind‹ ist kein besonders origineller Spruch, aber vielleicht stimmt er trotzdem«, sagt Roberto und gähnt.

Vor dem Einschlafen denkt er noch einmal an Marge und ihren Blick, als sie sah, dass Jay nichts passiert war. Augen wie die Lagune bei Nacht.

»Woran denkst du?«, fragt Sandra.

»An die Lagune«, antwortet Roberto. Das ist nicht ganz die Wahrheit. Aber auch nicht ganz gelogen.

Dann am nächsten Tag in der Questura. Neuigkeiten verbreiten sich in Venedig wie *acqua alta*. Überallhin. Man ist machtlos dagegen. Kollegen, die schnell mal vorbeischauen. Wusste gar nicht, dass du Spuren lesen kannst. Haha.

Ungewohnt wohlwollend lächelnde Damen im Sekretariat. Ob er wirklich mit Klapperschlangen gekämpft hat?

Sein Standardsatz: »Eigentlich hab ich gar nichts getan« wird für Bescheidenheit gehalten.

Der Colonnello lässt sich ausführlich berichten. Verspricht, mehr darüber herauszufinden, wer dieser Tibbs nun eigentlich ist. Geheimhaltung? Doch nicht unter Golffreunden. Roberto hat seine Zweifel.

Piero taucht auf mit einem Stapel von Aktenordnern unter dem Arm. »Mündlich oder schriftlich?«, fragt er.

»Leg schon los«, sagt Roberto.

»Also – den Pimmelzertrümmerer haben wir. Es ist eine Frau. Fünfundfünfzig, Hausfrau, vier schulpflichtige Kinder. Ihr Mann hat sie wegen einer Fünfundzwanzigjährigen verlassen. Wir haben sie in flagranti erwischt. Nein, nicht den Mann und seine Freundin. Die durchgeknallte Ehefrau. Da war sie in *Madonna dell'Orto* zugange. Zunächst war kein Wort aus ihr herauszubringen. Erst als Teresa sie befragt hat, begann sie zu reden. ›Engel haben so was nicht‹, hat sie gesagt. ›Nur Teufel.‹«

»Wie steht's eigentlich um Teresas Ehe?«, erkundigt sich Roberto.

»Schlecht«, antwortet Piero. »Ihr Mann ist zu seiner Freundin gezogen. Ich hatte das unangenehme Gefühl, dass sich die beiden Frauen ganz gut verstanden haben.«

Roberto seufzt. Polizistenehen sind weniger haltbar als Muranoglas. »Der angebliche Selbstmörder?«, fragt er weiter. »Der im Rio della Celestia, mit dem Seil um den Hals?«

»Das war tatsächlich ein Suizid«, sagt Piero. »Wir haben den Baum gefunden, an dem er sich erhängen wollte. Der Ast hat nicht gehalten. Also ist er losmarschiert und in den Kanal gesprungen. Hat sich nicht die Mühe gemacht, vorher das Seil von seinem Hals abzunehmen. Manche Selbstmörder sind wirklich durch nichts von ihrem Vorhaben abzubringen.«

»Identifizierung?«

»War nicht einfach, er hatte keine Papiere bei sich. Ein Arbeitskollege hat das Foto des Toten im *Gazzet-*

tino wiedererkannt. Ein *extracommunitario* ohne *permesso di soggiorno*, Moldawier, glaub ich«, sagt Piero.

Roberto setzt sich mit einem Ruck auf. »Der Name?«, fragt er alarmiert. Er sieht den jungen Mann im ausgebleichten Arbeitsoverall vor sich, wie er auf ihn zukommt. Denkt daran, was sein Selbstmord für den Fall Loredan bedeuten würde.

Piero blättert in der Akte. Blättert weiter. Wieder ein paar Seiten zurück. »Ein gewisser Efgeniy Tschmil«, buchstabiert er dann nicht ohne Mühe. »Warum?«

Roberto atmet aus. Merkt jetzt erst, dass er die Luft angehalten hat, während Piero den Namen gesucht hat. »Ach – war nur so ein Gedanke. Ich hab vor meiner Abreise einen Moldawier befragt.«

»Das treibt noch keinen in den Tod«, sagt Piero. »Es sei denn, du hättest deine Verhörmethoden grundsätzlich geändert.«

Roberto schüttelt den Kopf. »Meiner hieß anders. Es war der, der Caterina Loredan gefunden hat. Gibt's da etwas Neues?«

Piero schüttelt den Kopf. »Der Fall ist offiziell abgeschlossen. Es war ein Unfall.«

»Und wie geht es dem Mädchen?«, fragt Roberto.

»Nachrichtensperre«, sagt Piero. »Ich weiß nur, dass sie noch immer im *Ospedale Civile* liegt.«

Roberto verdrängt den Gedanken an Caterina Loredan. »Und die Menschenschmuggler? Seid ihr da weitergekommen?«

Piero hebt resigniert die Schultern und lässt sie wieder fallen. »Zwei haben wir verhaftet. Das ändert natürlich nicht das Mindeste am System. Solange es irgendwo arme Teufel gibt, die bereit sind, ihre letzten Ersparnisse herzugeben, um im gelobten Land Italien zu landen, so lange wird es jemanden geben, der ihnen ihr Geld abnimmt.«

»Die armen Teufel bereichern leider auch unsere Kriminalstatistik ganz erheblich«, sagt Roberto.

»Ja«, nickt Piero. »Alles ganz logisch. Die Starken werden kriminell, die Schwachen enden im Rio della Celestia. Die wenigen, die wirklich Fuß fassen, sind statistisch irrelevant.«

»Und dabei bist du bekanntermaßen der Optimist in unseren Reihen«, sagt Roberto.

Roberto geht ungewöhnlich früh nach Hause. Erzählt Sandra und Samuele alles, wofür er am Tag zuvor zu müde war. Manches noch ein zweites Mal, weil Samuele gar nicht genug kriegen kann von Klapperschlangen und Indianern. Die *Bullsnake*-Geschichte gehört zu seinen Favoriten. An diesem Abend hat Kommissar Rex keine Chance.

Die Gesprächspausen füllt Venedig. Leises Klatschen der Wellen im Kanal vor dem Fenster. Irgendwo singt jemand laut und fast richtig »*Una furtiva lagrima*«. Das Geräusch eines schnellen Motorbootes draußen in der Lagune.

Roberto gähnt. »Ich werde wunderbar schlafen heute«, kündigt er an.

Aber darin irrt er sich.

Denn da ist Caterina Loredan, die im *Liceo Marco Polo* vor ihm die Treppen hinaufgeht – nicht besonders schnell, ganz so, als wolle sie ihm Zeit lassen, sie einzuholen, festzuhalten, an dem zu hindern, was sie vorhat. Aber seine Füße sind bleiern, für jede Stufe braucht er unendlich lang. Viel zu lang. Dann verschwindet Caterina hinter der Tür des Klassenzimmers und er weiß, dass er zu spät kommen wird. Ein breiter Streifen Sonnenlicht fällt auf den grauen Steinboden.

Plötzlich steht da dieser Mann im Gegenlicht. Es ist nicht mehr von ihm zu sehen als ein schattenhafter Umriss. »Polizei!«, hört Roberto sich selbst rufen. »Sie sind verhaftet!«

Als Antwort beginnt der Mann zu lachen. Ein höhnisches Lachen, das von den steinernen Mauern vielfach zurückgeworfen wird.

Roberto hat das Geräusch noch im Ohr, als er aufwacht.

33

Chiara ist zurück aus New Mexico. Auch die anderen der Projektgruppe aus dem *Liceo Marco Polo*. Vollzählig. Luca allerdings in einem Bleisarg, der unauffällig abtransportiert wurde. Fluggäste mögen den Gedanken nicht, dass sie gemeinsam mit Verstorbenen befördert werden. Roberto, der mit dem ganzen Familienclan am Flughafen war, um Chiara abzuholen, hat den Leichenwagen bemerkt, der möglichst unauffällig an der Rückseite des Flugzeuges hielt, als die Passagiere schon in den Bus eingestiegen waren. Er hat sich gefragt, wer wohl gekommen ist, um Luca abzuholen, und sich vorgenommen, auch das noch herauszufinden.

Er hat auch die Blicke zwischen Bruna und Fabio bemerkt. Hat er sie richtig interpretiert? Die rundliche Madonna und das hoch gewachsene Genie? Warum nicht? Roberto hat seltsamere Paare gesehen.

Juli in Venedig. Hitze, Feuchtigkeit, Touristen, denen die Brieftaschen abhanden kommen. Ein betrunkener Texaner, der von der Rialtobrücke auf ein *vaporetto* der Linie 1 pinkelt und sich gegen die Festnahme zur Wehr setzt. Im Hafenbecken von Marghera wird eine Ladung hochgiftiger illegal gefangener Muscheln sichergestellt. Aus dem Atelier des Künstlers Emilio Vedova werden mehr als fünfzig wertvolle Drucke gestohlen.

Alltag in der Questura. Roberto freut sich auf den Urlaub im kühlen Valtellina. Eine Woche noch. Berge, Weinschenken, kühle Wälder. Blaubeeren und Pilze sammeln. Freut er sich wirklich?

Da ist immer noch dieser Traum von letzter Nacht, der ihn verfolgt. Das Gefühl, etwas Unerledigtes zurückzulassen.

Er hätte gerne gewusst, wie es Caterina Loredan geht. Die Dottoressa Brocca wird sich auf ihre Schweigepflicht berufen. Rigutto? Ob man noch einmal auf seinen Freund in der Chirurgie zurückgreifen kann?

Die Nummer weiß Roberto auswendig. Leider, Dottor Rigutto ist auf Urlaub in Alto Adige. Ob seine Vertretung, die Dottoressa Varese, helfen kann? Roberto legt auf. Nein, kann sie nicht. Eine Weile grübelt er darüber nach, wieso eine Frau sich dafür entscheidet, Tag für Tag mit dem bekannten Ypsilonschnitt tote Menschen zu öffnen. Wahrscheinlich sind das Machogedanken, beschließt er, warum nicht eine Frau? Und die Spuren am Opfer zu sichern und zu interpretieren ist mindestens ebenso wichtig wie Spuren an Tatorten zu sammeln und mit Verdächtigen zu reden. Tote reden bereitwilliger als die Lebenden, hat Rigutto einmal gesagt.

Der Fall Caterina Loredan ist offiziell abgeschlossen. Kein Grund also für weitere Fragen und Nachforschungen. Ein Ordner weniger auf seinem Schreibtisch. Warum ist er nicht froh darüber? Den Papierkram kann man den Damen im Sekretariat zum Ablegen geben. Die inneren Bilder nicht.

Roberto wählt die Nummer von Conte Loredan. Es antwortet die roboterhafte Stimme der schwarzen Frau, die Roberto von seinem letzten Besuch kennt. Der Conte ist nicht zu sprechen. Über das Befinden der Contessina kann sie unter keinen Umständen Auskunft geben.

Der Bruder des Conte. Was hat Bossi gesagt? Wo ist er Seelsorger? Richtig: in *San Francesco della Vigna*. Ob Caterinas Onkel wohl bereit ist, ein paar Fragen zu beantworten?

Eine Pfarre hat auch eine Telefonnummer. Roberto überlegt, ob er bei den Damen im Sekretariat auf sein neu erworbenes Heldenimage bauen kann, nimmt aber dann doch selbst das Telefonbuch zur Hand.

»Parrocchia San Francesco«, meldet sich eine männliche Stimme. Nein, er ist nicht Pater Loredan, er ist sein Sekretär. Seit wann haben Pfarrer Sekretäre?, denkt Roberto. Aber dieser Pfarrer heißt Benedetto Loredan und ist vermutlich in seiner kirchlichen Karriere auf dem direkten Weg zu Bischofsweihen oder noch Höherem. Roberto nennt seinen Namen ohne das »Commissario« davor. Wann Pater Loredan erreichbar wäre? Der Sekretär will wissen, worum es geht. Roberto antwortet nicht auf diese Frage, er hinterlässt die Nummer seines *telefonino* mit der Bitte um Rückruf.

Eins ist klar, denkt Roberto. Falls eine neue Beschwerde von der Loredan-Familie kommt, wird der Colonnello toben.

Na wenn schon. Genauso gut kann er sich auch noch eine Rüge von der Dottoressa Brocca einhandeln. Die Sprechstundenhilfe verbindet ihn weiter.

Wie erwartet eine sehr reservierte Antwort auf seine Frage nach Caterina Loredan. »Sie ermitteln doch nicht etwa noch immer?«, fragt die Dottoressa.

»Ich würde einfach gerne wissen, wie es ihr geht«, sagt Roberto.

»Schlecht«, sagt die Dottoressa knapp. »Sie verweigert die Nahrungsaufnahme und wird künstlich ernährt. Sie spricht kein Wort. Außerdem kooperiert sie nicht bei Therapieversuchen. Dabei kommen die Ärzte soeben zu dem Schluss, dass die Verletzung des Lendenwirbels vielleicht nicht so endgültig ist, wie es anfangs schien. Meiner Meinung nach verschwenden Sie Ihre Zeit mit Ihren Nachforschungen. Das Mädchen hat einfach nicht den mindesten Lebenswillen. Wäre sie das Opfer eines Verbrechens geworden, würde sie reden.«

»Es muss doch Gründe dafür geben, wenn eine Sechzehnjährige nicht mehr leben will«, sagt Roberto.

»Natürlich gibt es die«, antwortet die Dottoressa. »Aber die Behandlung von Depressionen und *anorexia nervosa* fällt in mein Gebiet. Nicht in Ihres.« Sie klingt, als wäre sie in Eile.

»Entschuldigen Sie die Störung«, sagt Roberto.

Vielleicht muss ich lernen loszulassen, denkt er. Akzeptieren, dass ich nicht immer die so genannte

Wahrheit herausfinden kann. Zur Kenntnis nehmen, dass mein Gefühl mich auch einmal täuschen kann.

Und der Lachende aus dem Traum? Na, wenn schon. Soll er lachen.

Es ist fast eine symbolische Handlung, als er den Ordner »Caterina Loredan« in den Korb mit den erledigten Fällen und der Aufschrift »*Archivio*« legt.

Die Dottoressa hat vermutlich Recht. Es ist schlicht und einfach nicht mein Gebiet.

Dann kommt ein völlig unerwarteter Anruf.

34

Bruna hält das ledergebundene Buch in ihrer Hand. Es ist ein sehr schönes Tagebuch mit einer verschließbaren Lasche. Weiches Leder, etwas abgegriffen, weil oft zur Hand genommen. Aber das macht ja teures Leder noch schöner.

Erst nach ihrer Rückkehr aus New Mexico hat Bruna von Caterina Loredans Unfall erfahren. Die Haushälterin im Palazzo Loredan hat es ihr mit knappen Worten mitgeteilt, als sie Caterina anrufen wollte, um ihr von Fabio zu erzählen und allem, was sie in New Mexico erlebt hat. Natürlich ist sie sofort zum *Ospedale Civile* gegangen, um zu sehen, wie es Caterina geht. »Keine Besucher – ausnahmslos«, hat die Stationsschwester gesagt. »Aber ich muss sie sehen«, versuchte Bruna ihr klar zu machen. »Es ist unheimlich wichtig! Ich bin sicher, dass sie mich sehen will!«

Erst als die Schwester sah, dass Tränen in Brunas Augen standen, seufzte sie, sagte: »Aber nur ganz kurz«, und öffnete die Tür zu einem der Zimmer.

Caterina lag da mit halb offenen Augen, die mageren weißen Arme auf der Bettdecke, angeschlossen an Schläuche, Geräte, Kabel. Bruna sagte Caterinas

Namen und die Augen öffneten sich ein bisschen weiter. Ein fast unmerkliches Nicken.

»Du hast gewusst, dass es passieren würde, nicht wahr?«, fragte Bruna.

Wieder ein Nicken.

»Alles so, wie du es mir gesagt hast?«, flüsterte Bruna.

Noch ein Nicken.

»Ich hab dich lieb, Caterina«, sagte Bruna.

Fast etwas wie ein Lächeln.

»Das genügt jetzt.« Die Stationsschwester. Sieht sie nicht, dass Brunas Besuch gut ist für Caterina?

Tränenüberströmt ist sie aus dem Krankenhaus gekommen. Mitleidige Blicke von Passanten. »Na – Liebeskummer?«, fragte irgendein Idiot.

Jetzt sitzt sie zu Hause auf ihrem Bett und spürt, dass die Tränen jederzeit wieder fließen können.

Aber es gibt im Augenblick Wichtigeres als die eigene Trauer. Sie muss sich erinnern. Was genau hat Caterina gesagt, als sie ihr das Tagebuch anvertraute? »Behalt es bei dir, niemand darf es lesen – versprichst du mir das? Und wenn – wenn mir etwas passiert, dann verbrenn es. Ungelesen. Das ist sehr wichtig, hörst du?«

Bruna denkt nach. Da ist das Versprechen, das sie der Freundin gegeben hat. Aber da ist noch etwas anderes. Etwas, das sie in New Mexico gelernt hat. Geheimnisse können so belastend sein, dass man sie alleine nicht aushält. Was, wenn man Caterina helfen könnte? Wenn man ihr Problem lösen könnte und ihr so den Lebenswillen wieder zurückgeben?

Aber ein Versprechen ist ein Versprechen.

Und was, wenn sie stirbt?

Aber es ist ihr Tagebuch. Ich darf ihr Vertrauen nicht missbrauchen.

Und was, wenn sie stirbt?

Soll sie Fabio fragen? Nein, das ist etwas, das sie ganz allein entscheiden muss. Sie ganz allein hat Caterina das Versprechen gegeben.

Und was, wenn Caterina stirbt?

Sie atmet tief durch und wählt die Nummer der Questura. »Commissario Gorin, bitte.«

35

Ah – Bruna!«, sagt Roberto erfreut.

»Ich muss Sie sprechen.«

Der düstere Klang ihrer Stimme lässt Roberto aufhorchen. »Geht's um Luca, um die Sache in New Mexico?«, fragt er.

Ihre Antwort kommt überraschend für Roberto: »Es geht um Caterina Loredan.«

Sie treffen sich vor der San-Trovaso-Kirche. Roberto hat den Eindruck, dass Bruna abgenommen hat. Kann das so schnell gehen? Wenn ja, muss er sie fragen, wie. Er streift das ledergebundene Buch, das Bruna in der Hand hält, mit einem Blick. Ein Tagebuch?

»Möchtest du Kaffee? Sonst irgendwas trinken?«

Bruna schüttelt den Kopf. Sie wirkt sehr bedrückt. Sie gehen den Rio delle Eremite entlang, vorbei am *Ristorante Montin*, wo der grauhaarige *padrone* vor der Tür steht. »*Ciao,* Bruna«, sagt er.

Bruna grüßt zurück. »Ich bin da manchmal mit meinen Eltern«, sagt sie.

Roberto geht einfach neben ihr her und wartet.

Dann beginnt Bruna zu erzählen. Von ihrem Besuch im Krankenhaus. Von Caterinas Tagebuch, das sie ihr schon vor Monaten übergeben hat. Mit dem Auftrag, es ungelesen zu verbrennen, wenn ihr etwas passiert. Dass sie vermutlich damals schon wusste, dass etwas passieren würde.

»Ich hatte keine Ahnung, dass du mit Caterina befreundet bist«, sagt Roberto.

Bruna nickt. »Das weiß auch keiner in der Schule. Angefangen hat es im Wartezimmer unserer Therapeutin.«

»Dottoressa Brocca?«, fragt Roberto.

Bruna sieht ihn überrascht an. »Das wissen Sie?«

»Ich bearbeite den so genannten Unfall Caterinas.«

»Es war bestimmt kein Unfall«, sagt Bruna.

»Du weißt, was drinsteht?«, fragt Roberto mit einem Blick auf das ledergebundene Buch.

Bruna schüttelt heftig den Kopf.

»Aber du überlegst, ob es richtig ist, dich an dein Versprechen zu halten?«, fragt Roberto behutsam.

Bruna nickt.

»Es ist eine große Verantwortung«, sagt Roberto. »Denkst du daran, das Tagebuch selbst zu lesen? Und mir dann zu sagen, ob ich irgendwie helfen kann?«

»Auf keinen Fall«, sagt Bruna. Sie hält ihm das Tagebuch entgegen. »Meinen Sie, man kann das Schloss öffnen, ohne dass Caterina es bemerkt?«

Roberto muss ein wenig über die Frage lächeln. »Wir haben Leute, die können die kompliziertesten Schlösser knacken.«

»Vielleicht wird Caterina ja wieder gesund und dann kann ich das Tagebuch zurückgeben«, sagt Bruna ohne Überzeugung.

»Ja«, sagt Roberto. »Aber es sieht nicht gut für sie aus, solange sie sich weigert zu essen.«

Bruna seufzt. »Eben. Sie war vorher schon so dünn. Jetzt ist sie durchsichtig. Fast gar nicht mehr da.«

Roberto schweigt.

Bruna deutet auf das Buch. »Es muss etwas ziemlich Dramatisches sein, was da drinsteht. Caterina hat gesagt, es kann ihren Vater umbringen.«

»Das waren genau ihre Worte?«, fragt Roberto.

»So ungefähr jedenfalls. Ich hatte den Eindruck, dass sie ihren Vater vor etwas schützen will. Und dass sie selbst auch irgendwie Schuld an dem Ganzen hat. Versprechen Sie, dass Sie nichts tun, was Caterina oder ihrem Vater schaden könnte?«

Roberto denkt kurz nach. »Ich verspreche es dir«, sagt er.

Bruna gibt ihm das Tagebuch. Ihrem Gesicht ist anzusehen, dass sie noch immer nicht davon überzeugt ist, das Richtige zu tun.

»Warum ich?«, fragt Roberto und ärgert sich sofort über seine Frage. Was will er eigentlich? Hören, wie toll sie ihn findet, wie vertrauenswürdig oder sympathisch?

Bruna zuckt mit den Schultern. »Sie sind der einzige Polizist, den ich kenne. Aber vielleicht ist es sowieso ein Fehler.«

»Ich glaube, dass du das Richtige tust«, sagt Roberto.

Sie gehen nebeneinander über die Brücke, an der das Gemüseboot liegt, vorbei an der Carminikirche.

»Wie geht's mit Fabio?«, fragt Roberto.

Zu seinem Erstaunen wird Bruna tiefrot. Von wegen abgebrühte Jugend, denkt Roberto.

»Ein Annäherungsprozess«, sagt Bruna. »Ich nehm ab und er nimmt zu. Ich denke, das ist ein gutes Zeichen.«

Roberto nickt. Also hat er sich nicht geirrt. »Ja, das ist es bestimmt.«

Bruna bleibt stehen, streckt ihm die Hand entgegen. »Ich bin da drüben mit Fabio verabredet.«

Roberto nimmt ihre Hand. »Grüß ihn von mir.«

»Helfen Sie Caterina«, sagt sie.

»Ich werd's versuchen.«

36

Es ist sieben Uhr abends. Roberto hat Caterina Loredans Tagebuch gelesen.

Viele Seiten, eng beschrieben in einer Schrift, die anfangs eine Kinderschrift ist, dann plötzlich erwachsen wirkt.

Er sitzt im Wohnzimmer am Fenster. Sandra hat einmal kurz hereingeschaut, ihn nur angesehen und sich sofort wieder zurückgezogen. Sie weiß, wann Roberto das Alleinsein braucht.

Roberto blättert nach vorne zur ersten Eintragung. Sie liegt fünf Jahre zurück.

Aus den Aufzeichnungen Caterinas weiß er, dass sie kurz nach dem Tod ihrer Mutter mit dem Tagebuch begonnen hat. Da war sie elf, denkt Roberto. *Dio mio*, sie war noch ein Kind, als das Furchtbare geschehen ist.

Etwas später fragt Sandra vorsichtig an, ob er nicht doch etwas essen möchte. *Sarde in saor*. Gebratene Sardinen mit gedünsteten Zwiebeln, Rosinen und *pignoli*. Dann *filetto San Piero in salsa*. Roberto weiß, wie Sandra den Petersfisch zubereitet. In einer Weißweinsauce mit Kapern. Durch die geöffnete Tür ziehen von der Küche her viel versprechende Gerüche in Robertos Richtung.

Er kapituliert.

Anders als erwartet ist sein Appetit ausgezeichnet. Ich bin nun einmal so angelegt, denkt er. Meine kleinen grauen Zellen können nur funktionieren, wenn mein Magen zufrieden ist. Und die kleinen Grauen werde ich erheblich anstrengen müssen, um eine Lösung zu finden, die Caterina eine Chance gibt, wieder zurück ins Leben zu wollen.

»*Torta di ricotta*«, sagt Sandra. »Fast keine Kalorien.«

Auch so eine Selbsttäuschung, denkt Roberto. Ach was, das Leben ist kurz – und die *torta di ricotta* ein vollendetes Exemplar ihrer Gattung.

Samuele erzählt von seiner Fotoausstellung. Die Besprechung im *Gazzettino* war hervorragend. Ob er jetzt ein Künstler ist – ein richtiger Künstler?

»Aber ja, *amore*«, sagt Sandra und sieht Samuele liebevoll an.

Roberto versucht konzentriert zuzuhören und stellt schuldbewusst fest, dass er wieder einmal nicht ganz bei der Sache ist. Seine Gedanken sind bei dem, was er soeben gelesen hat.

Dann geht Samuele in sein Zimmer um *Commissario Rex* zu sehen.

Sandra hat das neueste Buch von Dacia Maraini gekauft und macht es sich auf dem Sofa im Wohnzimmer bequem.

Roberto hält Caterinas Tagebuch in der Hand und konfrontiert sich noch einmal mit der ganzen Ungeheuerlichkeit des Gelesenen. Natürlich wäre es seine Pflicht, das Buch der Staatsanwaltschaft zu übergeben. Er denkt an die Konsequenzen und weiß, dass er das nicht vor Bruna und seinem Gewissen verantworten kann.

37

Roberto wacht auf, hat eine dunkle Ahnung von Albträumen, kann sich aber an keinen davon im Detail erinnern. Ist vermutlich besser so, denkt er.

»Willst du das nicht mit ins Büro nehmen?«, fragt Sandra. Caterina Loredans Tagebuch liegt noch immer im Wohnzimmer auf dem Fensterbrett.

Roberto überlegt, schüttelt den Kopf. »Besser nicht. Das hier ist etwas sehr, sehr Inoffizielles. Falls mir der berühmte Blumentopf auf den Kopf fällt, dann leg es in den Banksafe.«

»Wieso denkst du an fliegende Blumentöpfe?«, sagt Sandra misstrauisch. »Du lässt dich doch nicht auf etwas Gefährliches ein?«

»Keine Sorge. Das war nur so eine Redensart.«

Sandra sieht zu, wie er zum Regal geht und das Tagebuch hinter anderen Büchern verschwinden lässt.

»Wieso nimmst du eigentlich an, dass ich immun bin gegen einen plötzlichen Anfall weiblicher Neugierde?«, fragt sie.

Roberto küsst sie auf die Wange. »Vertrauen heißt das Wort«, sagt er. »Ich hab so viel davon, dass es für zwei Ehefrauen reichen würde.«

»Untersteh dich«, sagt Sandra.

Dann, wie fast täglich, der *macchiato* in der Palanca-Bar und *Gazzettino*-Lektüre. Roberto liest die Schlagzeilen.

Erfolgreiche Jagd auf Internet-»Konsumenten« von Kinderpornos. Dreihundertachtzig Anzeigen in ganz Italien. Betroffen sind Männer aus allen Berufsschichten.

Wieder ein Selbstmordanschlag im Irak. Zählt man dort die Toten eigentlich noch?

Eine weibliche italienische Geisel kam in Afghanistan frei. Ausnahmsweise mal eine positive Nachricht.

Roberto geht zur *Vaporetto*-Station Palanca. Noch fahren die *vaporetti*. Ab neun wird gestreikt.

Caterina Loredan. Er muss eine Entscheidung treffen. Heute noch.

Das Boot der Linie 82. Roberto kennt die junge Frau, die da gekonnt das Tau über die Eisenboller wirft. Alexandra, eine Wahlvenezianerin aus Deutschland. Sie wollte als erste Frau Gondoliere werden. Ein unerhörter Einbruch in eine Männerdomäne. Nach mehreren vergeblichen Versuchen, die strenge Prüfung zu schaffen, hat sie aufgegeben. Ein Opfer italienischen Machoverhaltens oder eben doch nicht ausreichend begabt? Roberto redet ein paar belanglose Sätze mit ihr. Seine Gedanken sind woanders.

Auf seinem Schreibtisch im Büro liegt noch immer die Telefonnummer der Pfarre *San Francesco della Vigna*.

Das ist ein Zeichen, beschließt Roberto. Er wählt die Nummer.

Wieder der Sekretär. Roberto nennt seinen Namen. Auch diesmal die private Version ohne »Commissario« davor. »Ich warte noch immer auf einen Rückruf von Pater Loredan«, sagt er.

»Hochwürden ist sehr beschäftigt. Er wurde heute sehr früh zu einem Schwerkranken gerufen. Um zehn liest er die Messe. Dann hat er Beichttermine.«

»Ich verstehe«, sagt Roberto. »Wie ist eigentlich Ihr Name?«

Zögern am anderen Ende der Leitung. »Silvio Marinelli«, sagt der Sekretär schließlich.

Wenn einer schon Silvio heißt, denkt Roberto, nachdem er aufgelegt hat.

Er greift wieder nach dem Telefon. »Piero – ist irgendwer bei uns fromm?«

Piero hat längst aufgehört, sich über seltsame Fragen Robertos zu wundern. »Fromm?«, wiederholt er. »So richtig – im katholischen Sinn?«

»Genau«, sagt Roberto. »Im streng katholischen Sinn.«

Piero denkt eine Weile nach. »Da fällt mir nur die Signora Palmarin aus dem Sekretariat ein«, sagt er dann. »Die geht dauernd in die Kirche.«

»Ausgerechnet«, brummt Roberto, bedankt sich bei Piero und legt auf.

Er trifft Signora Palmarin zufällig auf dem Gang vor den Toiletten. Gut so. Wenigstens muss er sein Anliegen nicht in Anwesenheit der beiden anderen Damen vorbringen.

»Ich brauche Ihren Rat«, sagt er.

»Ja?« Signora Palmarin bleibt stehen und sieht ihn in Erwartung irgendeines arbeitsintensiven Auftrags misstrauisch an.

»Ich möchte beichten gehen«, sagt Roberto.

Signora Palmarins Überraschung ist offensichtlich. »Das halte ich für eine gute Idee, Commissario«, sagt sie ein wenig anzüglich.

»Aber ich weiß nicht, wie man das anfängt«, erklärt Roberto. »Was sagt man, wenn man da im Beichtstuhl kniet?«

»Nun – Sie sagen zunächst: ›Gelobt sei Jesus Christus‹, und der Pfarrer antwortet: ›In Ewigkeit, Amen.‹ Dann sagen Sie: ›In Demut und Reue bekenne ich meine Sünden.‹ Daraufhin fordert der Pfarrer Sie auf zu sprechen. Es ist ganz einfach.«

»Vielen Dank, Signora Palmarin«, sagt Roberto und senkt in bereits beginnender Demut den Kopf.

Signora Palmarin ist jetzt doch ein wenig bewegt. »Ein wirklich lobenswerter Vorsatz, Commissario. Sie werden sich sehr erleichtert fühlen.«

Ja, denkt Roberto grimmig. Das hoffe ich auch.

Er geht zu der Haltestelle, an der das Boot der Linie 41 hält. Eine aufgeregt wirkende Reisegruppe, betroffene Gesichter. Der Reiseleiter übersetzt, was ein gutmütiger älterer Herr ihm erklärt. *Sciopero* – Streik. Vor sechs Uhr am Abend geht kein Boot mehr nach Murano.

Verärgertes und enttäuschtes Stimmengewirr. »Aber wir sind doch nur einen Tag in Venedig«, erklärt der Reiseleiter. »Und wir wollten unbedingt nach Murano.«

Der Gutmütige zuckt mit den Schultern. Gegen *sciopero* ist man machtlos. *Siamo in Italia.* Er verweist auf die Taxis, die da in froher Erwartung guter Geschäfte im Wasser schaukeln.

Roberto schüttelt den Kopf über sich selbst. Richtig, das hat er glatt vergessen. Von neun bis sechs wird gestreikt. Wieder einmal.

Er schaut auf die Uhr. Gleich zehn. Zeit genug, um auch zu Fuß rechtzeitig nach der Messe in der San-Francesco-Kirche zu sein. Also zurück, Richtung Questura, Ponte dei Greci, Campo Gatte – geführt von dem inneren Stadtplan des geborenen Venezianers, der sicherer als jedes moderne Navigationssystem durch die Stadt führt.

Die Kirche *San Francesco della Vigna* steht in einem abgelegenen Winkel des Stadtteils Castello. Von Jacopo Sansovino geplant und begonnen, von Antonio Palladio fertig gebaut. Wieder einmal fällt ihm die harmonische Fassade auf. Eine nicht unpassende Metapher, denkt er.

Einem Anschlag an der Kirchentür entnimmt er, dass eine Messe für den vor sieben Jahren verstorbenen Commendatore Ettore Bonaventura gelesen wird. Er öffnet leise die Kirchentür, setzt sich in die letzte Bank. Nicht, dass ein Mangel an Plätzen herrscht – es sind nicht mehr als sieben oder acht Menschen, die hier im Gedenken an den verstorbenen Commendatore versammelt sind. Der Priester ist, wie erwartet, jener blasse, dunkelhaarige, den Roberto in der Halle des Palazzo Loredan gesehen hat. Ein gut geschnittenes Gesicht mit markanter römischer Nase. Augen, die etwas Durchdringendes haben. Noch immer fällt Roberto nicht ein, an welchen Schauspieler er ihn erinnert.

Er schaut sich um. Ein reichhaltiges Angebot an Beichtstühlen. Alte geschnitzte mit violetten Vorhängen. Daneben die moderne Variante: ein hässlicher hölzerner Kasten mit Türen.

Die Messe geht zu Ende. Das runde rot verglaste Fenster schwebt wie eine untergehende Sonne über dem Altar. Kirchenmusik aus den Lautsprechern, volles Orchester. Die Inszenierung ist wirksam, das muss Roberto zugeben. Eine weißhaarige Frau mit schwarzem Spitzenschleier auf dem Kopf steht auf und geht den Gang entlang, an Roberto vorbei zur Tür. Steinernes Gesicht. Die Witwe Bonaventura vermutlich.

Pater Loredan ist verschwunden. Eine unscheinbare Frau mittleren Alters öffnet eben die Tür zu einem der Beichtstühle. Gut, denkt Roberto, dann komm ich eben als Nächster dran. Gar nicht unangenehm, ein wenig Urlaub von der Sommerhitze im kühlen Gemäuer der Kirche. Außerdem – was kann das alte Mädchen schon viel zu beichten haben?

Er geht zur Seitenkapelle, wo das Veronese-Bild der Madonna mit Kind in der Dunkelheit kaum zu erkennen ist. »Es werde Licht« ist für zwanzig *centesimi* zu haben. Roberto füttert den Automaten. Wer sind die dunklen Gestalten im Vordergrund? Und welcher Heilige steht da herum – mit mehreren Pfeilspitzen im Körper?

Licht aus. Roberto setzt seinen Rundgang in der Kirche fort. Versucht den Beichtstuhl nicht aus den Augen zu lassen.

Es dauert volle zehn Minuten, bis sich die Tür wieder öffnet.

Die Unscheinbare wirkt sehr zufrieden.

Zum ersten Mal in seinem Leben betritt Roberto einen Beichtstuhl. Ein kleines Brett deutet einen Sitzplatz an. Völlig ungeeignet für Robertos Dimensionen. Dann noch eine sehr niedrige gepolsterte Bank. Offenbar wird christliche Demut verlangt. Roberto kniet. Seufzend. Vor ihm in der Holzwand eine Öffnung, die mit einem engmaschigen Gitter bedeckt ist. Unmöglich, das Gesicht des Priesters zu erkennen.

Roberto erinnert sich an Signora Palmarins Lektion. »Gelobt sei Jesus Christus«, sagt er.

»In Ewigkeit, Amen«, antwortet Pater Loredan mit angenehm dunkler Stimme.

Roberto holt tief Luft. »In Demut und Reue bekenne ich meine Sünden«, deklamiert er.

»Sprich, mein Sohn.« Die Stimme ist nicht nur wohl klingend, sondern auch gütig. »Was bedrückt dich?«

»Ein fast unlösbarer Konflikt und eine schwere Schuld«, antwortet Roberto.

»Gott ist barmherzig«, sagt die gütige Stimme.

Das hoffe ich, denkt Roberto.

»Sag mir, was deine Seele belastet«, fordert Pater Loredan ihn auf.

»Ich habe Beweise für ein Verbrechen erhalten«,

sagt Roberto. »Unwiderlegbare Beweise. Und ich tue nichts, um den Schuldigen der Gerechtigkeit zuzuführen.«

»Um welche Art von Verbrechen handelt es sich?«, fragt Pater Loredan. »Ist es ein Verbrechen gegen Leib und Leben?«

»Ja«, sagt Roberto. »Gegen Leib und Leben eines Kindes.«

»Dann ist das in der Tat eine schwere Schuld«, sagt die Stimme Pater Loredans. »Du darfst nicht zögern, den Schuldigen der Polizei zu übergeben.«

»Aber ich bin die Polizei«, sagt Roberto.

Stille auf der anderen Seite der Holzwand. Dann eine Bewegung. Der Platz hinter dem Gitterfenster ist leer. Der haut einfach ab, denkt Roberto verblüfft. Aber da wird die Tür neben ihm aufgerissen. »Commissario Gorin, nehme ich an«, sagt Pater Loredan mit kaum unterdrückter Wut in der Stimme.

»Richtig«, sagt Roberto.

»Ihnen ist tatsächlich jedes Mittel recht, um Ihren Willen durchzusetzen. Was wollen Sie von mir? Mein Bruder wird nicht begeistert sein, wenn er hört, dass Sie Ihre Impertinenz so weit treiben, mich hier in meiner Kirche zu überfallen. Noch dazu unter dem Vorwand der heiligen Beichte.«

»Ihr Bruder wird vermutlich von diesem Gespräch nie erfahren«, sagt Roberto.

»Wenn Sie auf meine Schweigepflicht anspielen – die Beichte ist hiermit beendet«, antwortet Loredan.

»Er wird trotzdem kaum erfahren, dass ich hier war.«

»Da täuschen Sie sich sehr«, schnaubt Pater Loredan. »Ich bespreche alles mit meinem Bruder.«

Oh nein, denkt Roberto. Alles wohl nicht. »Wo können wir in Ruhe reden?«, fragt er.

Wortlos geht Pater Loredan voraus. Öffnet eine Seitentür, die direkt zum Bogengang des Klosters führt. Ein Mann kommt ihnen entgegen. Sehr schlank, eng stehende kleine Augen, spitze Nase. Trotz der Hitze trägt er eine schwarze Baskenmütze. Der ebenfalls schwarze, hoch geknöpfte Mantel flattert im Wind. »Hochwürden, ich habe ...«

»Nicht jetzt, Marinelli«, unterbricht ihn der Pater ungeduldig.

Benedetto Loredan öffnet mit einem Schlüssel die Tür zu einem Büro. Ein großer, heller Raum mit schönen alten Möbeln. Er deutet auf eine samtbezogene Sitzgelegenheit, die Roberto als gotisch einordnet. Loredan selbst nimmt in hochlehnigem Schnitzwerk Platz. Steht ihm gut. Ein perfekter zukünftiger Bischof, denkt Roberto.

»Was wollen Sie von mir?«, fragt Loredan.

»Ich habe Ihnen etwas anzubieten«, sagt Roberto. »Einen Handel sozusagen. Oder Tausch, wenn Sie wollen.«

»Ich kann mir nicht vorstellen, was das sein könnte«, antwortet Loredan.

»Mein Vorschlag: Anstelle von zehn Jahren Gefängnis eine dauerhafte Versetzung nach, sagen wir – Timbuktu«, antwortet Roberto. »Es kann auch jeder andere Ort sein, sofern er nur weit genug weg ist.«

Das blasse Gesicht bleibt unbewegt. Die Augen

sind weniger leicht zu kontrollieren. Sie zeigen eine Gemütsregung. Wut? Angst?

»Ich verstehe nicht.« Kontrolliert kühle Stimme.

»Gut«, sagt Roberto. »Dann will ich deutlicher werden. »Sie haben Ihre Nichte Caterina seit ihrem elften Lebensjahr sexuell missbraucht. Sie haben ihr eingeredet, dass sie von Gedanken an Unkeuschheit besessen sei und dass nur die körperliche Vereinigung mit Gott – in Ihrer Person selbstverständlich – sie von diesem Makel befreien könne.«

Roberto hätte nicht gedacht, dass dieses blasse Gesicht noch blasser werden könnte. Aber es kann. Wächsern sieht es jetzt aus. Und wütend.

»Das ist eine Lüge!«

»Wie ich vorhin schon sagte – ich habe Beweise«, antwortet Roberto ruhig. »Unwiderlegbare Beweise.«

»Wenn Sie Beweise hätten, dann würden Sie mich ja wohl festnehmen«, sagt Pater Loredan verächtlich.

Roberto sieht ihn an. Die Augen halten seinem Blick stand. »Mit welchem Ergebnis?«, fragt er. »Ihr Bruder ist herzkrank. Zu erfahren, was zwischen Ihnen und Caterina geschehen ist, würde ihn wahrscheinlich umbringen. Und Caterina? Die dann glauben wird, auch noch am Tod ihres Vaters Schuld zu haben? Sie wird sich ganz bestimmt zu Tode hungern. Oder auf irgendeine andere Art umbringen.«

Pater Loredan sieht hinaus in den gepflegten Klostergarten. Roberto folgt seinem Blick. Ein Franziskanerpater gießt die Geranien in den steinernen Schalen. Ein schönes Bild. Sehr idyllisch.

»Das Kind hat Liebe gebraucht nach dem schrecklichen Tod der Mutter«, sagt Benedetto Loredan leise. »Caterina hat diese Liebe bei mir gesucht. Ich habe sie ihr gegeben.«

»Liebe«, sagt Roberto. »Es macht mich krank, dieses Wort aus Ihrem Mund zu hören. Sicher hat sie Liebe gesucht. Trost. Zuwendung. Und wurde rücksichtslos missbraucht. Sie war elf Jahre, gottverdammt noch mal.« Der Priester zuckt zusammen. Roberto steht auf, stößt das gotische Sitzmöbel dabei um. »Ich gehe davon aus, dass Sie mein Angebot annehmen. Es ist die einzige Chance, die Caterina noch hat.«

Er stürmt hinaus. Der Franziskaner mit der Gießkanne wirft ihm einen erschreckten Blick zu.

Wahrscheinlich sehe ich aus, als hätte ich soeben jemanden zusammengeschlagen, denkt Roberto. Oder man sieht mir zumindest an, was ich am liebsten getan hätte.

38

Der Pförtner im Krankenhaus ist damit beschäftigt, einem aufgeregten Ehepaar irgendetwas zu erklären.

Roberto ist froh, dass er nicht bemerkt wird, er möchte so wenig Aufsehen wie möglich.

Den Weg zur Intensivstation kennt Roberto seit langem. Man kann da nicht so ohne Weiteres hinein, man muss läuten und wird von einer Schwester in Empfang genommen.

Die Schwester, die den Türöffner betätigt hat und Roberto entgegenkommt, ist jung und spricht nur wenig Italienisch. Roberto geht trotz ihres heftigen Protestes einfach an ihr vorbei.

Die Stationsschwester ist schon ein größeres Problem. Vor allem ein breiteres. Sie ist einen Kopf kleiner als Roberto, wiegt aber bestimmt nicht viel weniger als er. Kampfbereit steht sie vor Catcrinas Zimmer und scheint fest entschlossen, ihren Auftrag auszuführen. Ausnahmslos keine Besucher.

»Ich habe Caterina Loredan etwas Wichtiges zu sagen«, erklärt Roberto.

»Und ich habe meine Anweisungen«, kontert sie. »Außerdem will die Patientin niemanden sehen.«

Roberto greift an ihr vorbei zur Türklinke. »Geben Sie mir fünf Minuten«, sagt er. »Es ist lebenswichtig.«

»Ich rufe den Oberarzt«, sagt die Schwester.

»Tun Sie, was Sie nicht lassen können«, meint Roberto, öffnet die Tür und drängt sich an ihr vorbei ins Zimmer.

Caterina Loredan ist wach. Er sieht das Erstaunen in ihren Augen.

»Ich bin Commissario Gorin«, sagt Roberto. »Und wir haben nur wenig Zeit. Vermutlich wird der Cerberus gleich Verstärkung holen.«

Keine Reaktion bei Caterina.

»Erstens: Du hast keine Schuld«, sagt Roberto. »Es ist wichtig, dass du dir das klar machst. Zweitens: Wir halten deinen Vater da raus. Und drittens: Der Bruder deines Vaters nimmt eine Stelle auf der anderen Seite der Erdkugel an. Du wirst ihn nicht mehr wiedersehen müssen.«

Keine Reaktion.

»Gib dir eine Chance. Und deinem Vater. Und mir. Wenn ich schon einen Verbrecher laufen lasse, dann soll es auch einen Sinn haben.«

War da die Andeutung einer Reaktion?

»Ich bin ganz gut im Verhören von Menschen«, sagt Roberto. »Das hier mach ich vermutlich ziemlich ungeschickt. Aber – es kann alles noch gut werden. Du wirst wieder zeichnen und vielleicht sogar …«

Die Tür wird energisch geöffnet und der Arzt, mit dem Roberto schon einmal gesprochen hat, steht in der Tür. Wie hieß er doch gleich? Roberto hat seinen

Namen vergessen. Dahinter füllt die Stationsschwester den Rahmen der Tür.

»Wie können Sie sich unterstehen ...«, beginnt der Arzt.

»Ich will, dass er bleibt.« Die Stimme Caterinas klingt erstaunlich fest. Der Arzt schaut drein, als wäre er soeben Zeuge eines Wunders geworden.

»Und ich will etwas essen«, sagt Caterina.

Arzt und Stationsschwester verschwinden. Roberto hört undeutlich, wie Anweisungen gegeben werden.

»Sie wissen ...?«, fragt Caterina. Sie wirkt jetzt müde, als hätte sie ihre ganze Energie für die wenigen Sätze verbraucht.

Roberto nickt.

Sie fragt nicht, woher er es weiß. »Mein Vater würde es nicht überleben«, sagt sie. »Er ist so stolz auf – auf ihn.« Sie spricht den Namen nicht aus.

»Es wird alles gut«, verspricht Roberto. Er versucht, zuversichtlicher zu klingen, als er sich fühlt.

39

»Wir haben soeben einen Taschendieb gerettet«, sagt Piero. Er setzt sich stöhnend Roberto gegenüber und wischt sich die Stirn mit einem Taschentuch von undefinierbarer Farbe. Sein hellblaues Uniformhemd ist so verschwitzt, dass es mehr nasse als trockene Stellen hat.

»Gerettet?«, wiederholt Roberto. »Wie denn das?«

»Er hat eine alte Frau beklaut, drüben auf dem Markt von Sacca Fisola. Allerdings hat er Pech gehabt. Sein betagtes Opfer ist offenbar mit Adleraugen und der Stimme einer Feuerwehrsirene gesegnet. Jedenfalls hat die Bestohlene es sofort bemerkt und in voller Lautstärke *›Al ladro!‹* gekreischt. Sämtliche Marktbesucher haben sich zusammengetan und den Dieb gefangen.«

»Gut«, sagt Roberto. »Spart uns Arbeit.«

»Nur haben die Eifrigsten angefangen, ihn zu verprügeln.«

»Gar nicht gut«, sagt Roberto.

»Eben«, nickt Piero. »Zivilcourage ist ja schön und gut, aber warum müssen die Leute auch gleich zur Selbstjustiz greifen, verstehst du das?«

»Ich versteh immer weniger, warum Leute Dinge tun, die sie tun«, seufzt Roberto.

Piero kennt Roberto sehr gut. »Die Loredan-Sache. Du denkst immer noch, dass es kein Unfall war?«

»Ich weiß mittlerweile, dass es ein Selbstmordversuch war«, sagt Roberto.

Piero wartet auf eine weitere Erklärung. Sie kommt nicht. »Dann ist die Sache wohl für uns abgeschlossen?«

Roberto zeigt stumm auf den Aktenordner, der den Stempel »*Archivio*« trägt.

»Ich frag dich gar nicht erst, wieso du das plötzlich weißt«, sagt Piero neugierig.

»Gut«, nickt Roberto ungerührt. »Das ehrt dich.«

»Und dein plötzliches Bedürfnis zu beichten – das hat wohl auch damit zu tun?«

»Es gibt für alles ein erstes Mal«, antwortet Roberto kryptisch.

»Na gut.« Piero steht auf. »Da du dein gesamtes Mitteilungsbedürfnis bereits an die Kirche verschwendet hast ... «

»Glaub mir, du möchtest es nicht wissen«, sagt Roberto. »Sag mal, dieser Taschendieb – habt ihr ihn eingesperrt?«

»Er liegt im Krankenhaus«, sagt Piero. »Ein alter Kunde von uns. Sergio Caselatti. Eigentlich ganz sympathisch. Nur kann er seine Hände nicht von fremden Brieftaschen lassen. Er hat mir einmal erklärt, seine Fingerfertigkeit ist ihm von Gott gegeben. Und der will nicht, dass man seine Begabungen brachliegen lässt.«

Roberto schüttelt den Kopf. »Es ist immer wieder erstaunlich, was die Leute so alles in Gottes Namen tun. Aber kümmer dich ein bisschen um ihn.«

»Das hatte ich sowieso vor.« Piero zieht die Tür hinter sich zu.

Ein Stück Verputz bröckelt ab.

Roberto starrt auf die beschädigte Mauerstelle, ohne sie zu sehen. Es ist vorbei, denkt er. Ich hab mich entschieden. Ich, Roberto Gorin, meines Zeichens Kommissar, unterschlage Beweismaterial und lasse einen Verbrecher laufen. Was, wenn er es wieder tut? Man muss ihm vielleicht damit drohen, dass man beim geringsten Vergehen doch noch Anzeige erstatten wird. Da ist ja immer noch das Tagebuch … Was tun damit? In sein Bankfach legen, wie er Sandra geraten hat, falls …?

Falls was? Er versucht, das dumpfe Unbehagen abzuschütteln.

Samuele fällt ihm ein. Er hat noch immer seine Fotoausstellung nicht gesehen.

Jetzt ist eine gute Gelegenheit. Anschließend nach Hause, ausnahmsweise früher als sonst. Abendessen mit seiner Familie. Den Krimi von Tony Hillerman fertig lesen.

Auf dem Boot der Linie 82 dann diese junge Frau mit den riesigen, aber noch festen Brüsten. Ein winziges schwarzes Top hat die aussichtslose Aufgabe, sie einigermaßen zu bedecken. Roberto beobachtet die Männer ringsum. Einige starren ungeniert, andere schauen schnell weg, um nicht ungeniert zu starren. Und ich?, denkt Roberto. Ich beobachte die Reaktion der anderen. Eine Alterserscheinung oder Folge meines Berufs? Wahrscheinlich beides.

Roberto bewässert die Pflanzen auf der kleinen Terrasse seiner Wohnung. Er gießt sie sehr großzügig, entsprechend seiner Stimmung. Duft von Jasmin und Oleander, dazu mischt sich der Geruch von gebratenem Fisch. Irgendwer brät immer Fisch in der Nachbarschaft. Die Sonne steht tief, aber die Hitze des Tages gibt nicht so schnell auf. Lila gestreifter Abendhimmel. Aus der Wohnung hört er Schüsse und Hundegebell. *Kommissar Rex* für Samuele – diesmal auf Kassette, falscher Wochentag für die Serie.

Dann der Anruf. Die wohl klingende Stimme von Benedetto Loredan. »Commissario? Ich bin in Sorge.«

Er ist in Sorge, denkt Roberto grimmig. Und das zu Recht. »Worum geht es?«, fragt er.

»Marinelli, mein Sekretär. Er ist mir sehr ergeben, müssen Sie wissen. Ich habe ihm heute gesagt, dass ich ihn nicht mehr brauchen werde. Er war sehr verstört. Vor allem darüber, dass ich das Land für immer verlassen werde.«

»Sie haben ihm gesagt, warum?«, fragt Roberto erstaunt.

»Nein«, antwortet Loredan. »Natürlich nicht. Aber es könnte sein, dass er gehorcht hat. Gestern, unser Gespräch … da war er möglicherweise im Nebenzimmer. Informiert sein hält er wohl für seine Pflicht.«

»Aha«, sagt Roberto. Und wartet.

»Er war ganz außer sich«, fährt Pater Loredan fort, »wenn auch anders, als ich es erwartet hätte. ›Man muss den Teufel vernichten‹, waren seine Worte, bevor er ging. Ich habe sofort an Sie gedacht.«

»*Mille grazie*«, sagt Roberto.

»Ich hielt es ja zunächst für eine seiner pathetischen Äußerungen. Aber mittlerweile ... «

»Ja?«, fragt Roberto.

»Mittlerweile habe ich mehrfach versucht, ihn zu erreichen. Erfolglos. Wir hatten um sieben eine Besprechung vereinbart. Er ist nicht gekommen. Bis jetzt jedenfalls nicht. Und er ist noch nie auch nur eine Minute zu spät gekommen. Ich dachte, es wäre meine Pflicht als Christenmensch, Sie zu warnen.«

»Sie denken, er ist hinter mir her?«, fragt Roberto.

»Es wäre möglich«, antwortet Loredan. »Er ist ein sehr fanatischer Mensch. Und außergewöhnlich loyal.«

Noch während Roberto überlegt, ob er sich jetzt bei dem anderen bedanken soll, ist die Verbindung beendet. Umso besser, denkt Roberto. Höfliche Grußformeln sind hier sowieso nicht angebracht.

»Wer ist hinter dir her?« Sandra klingt alarmiert.

»Alles halb so wild«, beruhigt Roberto sie. »In meinem Beruf macht man sich manchmal unbeliebt. Das gehört dazu.«

In diesem Augenblick läutet es an der Tür.

Sandra wirft Roberto einen fragenden Blick zu.

»Ich mach auf«, sagt Samuele vom Flur her.

»Nein!« Mit zwei Schritten ist Roberto bei ihm. Samuele steht erstarrt. Er ist nicht daran gewöhnt, dass Roberto laut wird. »Ich seh schon nach, Samuele. Geh in dein Zimmer«, fügt er leiser hinzu. Er denkt an seine Beretta, die in der *armería*, der Waffenkammer der Questura, liegt.

Ob Marinelli sich eine Waffe verschaffen konnte? Oder womit zieht jemand los, wenn er den Teufel bekämpfen will? Vielleicht doch nur mit Weihwasser?

Es läutet wieder an der Wohnungstür.

Von irgendwoher meldet sich das *telefonino*.

Sandra kommt aus der Küche. Roberto bedeutet ihr, zu Samuele ins Zimmer zu gehen. Er selbst steht seitlich von der Tür, geschützt durch die Mauer. »Wer ist da?«, fragt er.

»Cinzia Menin«, sagt eine scharfe weibliche Stimme. »Da ist schon wieder ein feuchter Fleck an meiner Wohnzimmerwand. Wann lassen Sie endlich Ihren Terrassenabfluss reparieren?«

Roberto atmet durch und öffnet die Tür. »Wir kümmern uns darum, Signora Menin«, sagt er.

»Na hoffentlich«, keift die Rothaarige, macht kehrt und stöckelt die Treppen hinunter.

»So viel zu den Sorgen, die ich mir nicht machen soll«, meint Sandra ruhig.

»Ich hab überreagiert«, erklärt Roberto.

»Versprich mir, dass nicht wieder jemand auf dich schießen wird«, sagt sie. »So wie voriges Jahr diese Verrückte.«

Roberto bringt schon wieder ein beruhigendes Lächeln zustande. »Um mich zu treffen, dafür bin ich viel zu schlank.«

»Gut, dann können wir ja jetzt etwas essen, wovon du garantiert noch schlanker wirst«, sagt Sandra.

Insalata Caprese. Mozzarella mit Tomaten und Basilikum. Roberto gießt nachdenklich noch etwas Olivenöl über seine Portion.

Was hat dieser Marinelli gesagt? »Man muss den Teufel vernichten« … Eine seltsame Wortwahl. Warum Teufel?

Sandra erzählt etwas. Irgendwer hat irgendwen betrogen. Ich hör schon wieder nicht zu, denkt Roberto schuldbewusst.

Ein fanatischer Mensch ist er, der Sekretär. Und außergewöhnlich loyal.

»Jetzt will sie sich natürlich scheiden lassen«, sagt Sandra. »Ihre beste Freundin! Das muss man sich vorstellen!«

Roberto hat keine Ahnung, von wem die Rede ist.

Möglicherweise hat also Marinelli das Gespräch belauscht. Dann weiß er, worum es geht. Hab ich das Tagebuch erwähnt? Bestimmt nicht. Also muss er annehmen, dass Caterina Loredan geredet hat.

»… behauptet er auch noch, dass es nur an ihren teuflischen Verführungskünsten lag«, sagt Sandra soeben.

Roberto schreckt aus seinen Gedanken. »Was hast du gesagt?«, fragt er ziemlich scharf.

»Ihr armen Männer seid wehrlos gegen weibliche Verführung, hat er behauptet.«

»Nein, was genau hast du vorhin gesagt?«, drängt Roberto.

»Ich weiß nicht, was du meinst.« Sandra schüttelt verwundert den Kopf.

Aber Roberto weiß es wieder. »Dass es nur an ihren teuflischen Verführungskünsten lag.« Sandras Worte.

Was hat sich Marinelli vorgenommen? »Den Teufel vernichten«. Und wenn er mit dem Teufel nicht den bösen Polizisten meint, sondern die weibliche Verführung, die seiner Meinung nach Benedetto Loredan zu Fall brachte?

Roberto hält den Atem an. Was, wenn er gar nicht hinter ihm, Roberto, her ist, sondern Caterina töten will? »*Dio mio!*« Roberto greift nach seinem *telefonino*.

»Was ist los?«, fragt Sandra beunruhigt.

Die Nummer des Krankenhauses hat er eingespeichert. Ein Pförtner meldet sich. Roberto kennt die Stimme, kann sich aber an den Namen nicht erinnern. Er unterbricht die ausführliche Begrüßung. »Hören Sie – wie war doch gleich Ihr Name?«

»Visoni.«

»Okay, Visoni, halten Sie jeden auf, der zu Caterina Loredan möchte. Es darf niemand zu ihr, verstehen Sie, absolut niemand.«

»Ja – aber ...«, beginnt der Pförtner.

»Verständigen Sie auch die Stationsschwester und ...«

»Aber Commissario, Sie ...«

»Niemanden – hören Sie?«, sagt Roberto, verärgert über den geschwätzigen Mann, der ihn dauernd unterbrechen will.

»Aber Commissario – Sie haben doch eben selbst jemanden zu der Patientin geschickt. Diesen Priester – er hat gesagt, dass er in Ihrem Auftrag kommt.«

»*Porca miseria*«, sagt Roberto. »Rufen Sie in der *cura intensiva* an. Sie sollen ...«

»Die Patientin wurde verlegt, in die chirurgische Abteilung«, wirft der Pförtner ein.

»Egal!« Robertos Stimme ist jetzt sehr laut. »Rufen Sie dort an. Man soll ihn unbedingt aufhalten. Machen Sie schnell – ich warte so lange.«

Roberto hört die Hintergrundgeräusche, einen anderen Pförtner, der mit jemandem spricht, dann wieder die Stimme von Visoni. »Commissario? Das ist sehr seltsam, es läutet und läutet, aber in der chirurgischen Abteilung geht niemand ans Telefon.«

40

I*spettore* Piero Salmaso hat das Uniformhemd schon zweimal gewechselt. Er hat immer ein paar frische in Reserve. In der feuchten Hitze der venezianischen Sommer schwitzt man, selbst wenn nicht viel los ist. Und es war ziemlich viel los heute. Erst die Sache mit dem Taschendieb, den sie aus den Händen der erbosten Marktbesucher retten mussten. Dann der völlig überflüssige Einsatz, weil jemand behauptet hatte, eine Frau sei von der Accademiabrücke in den Canal Grande gestoßen worden. Polizei und Feuerwehr kamen hinzu, als die fröhlich lachende Touristin soeben über eine algenbewachsene Treppe an Land kletterte und vergnügt erklärte, sie sei eine ausgezeichnete Schwimmerin und habe nur ein Bad nehmen wollen. »*It's quite hot here, you see?*« Piero schüttelt in Erinnerung daran den Kopf. Nicht nur, dass man von einem der Boote überfahren werden kann, auch aus einem anderen Grund ist das Baden in den Kanälen Venedigs seit dreißig Jahren streng verboten. Die Konzentration von Schwermetallen und allen möglichen Giftstoffen im Wasser ist lebensgefährlich. Fünfzig Euro Strafe. Die Amerikanerin hat sie murrend bezahlt. Die Erklärungen haben sie nicht überzeugt. »*Why are you poisoning your water?*«, hat sie gefragt. Ja, warum vergiften wir unser Wasser? Weil die Chemielobby mächtiger ist als ein paar Umweltschützer.

Piero beschließt, an Angenehmeres zu denken. An seinen morgigen freien Tag zum Beispiel. Erstmals hat er sich gemeinsam mit mehreren Freunden für den ganzen Sommer eine Strand-*Cabana* in der vordersten Reihe geleistet. Die Miete für diese Badehütten am Lido kostet ein Vermögen, aber die Kinder haben volle drei Monate Ferien. Und die Stadt wird unerträglich, wenn *l'afa* – die aus Afrika kommende Hitze – einsetzt. Er wird mit Antonella im Schatten des Vordachs liegen, ab und zu ins Wasser gehen, vielleicht mit Carlo und Enrico Boccia spielen. Und außerdem heute endlich einmal früher Schluss machen.

Er ist schon an der Tür, als sein Telefon läutet. Unschlüssig steht er einen Augenblick da, sehr in Versuchung, die Tür hinter sich zuzumachen und es einfach läuten zu lassen. Er ist nicht ganz sicher, ob es Neugierde ist oder Pflichtbewusstsein – jedenfalls geht er zurück und hebt ab.

»*Ospedale Civile, segreteria*«, meldet sich eine Frauenstimme. »Sie haben doch heute einen gewissen Sergio Caselatti in die Notaufnahme gebracht?«

»Ja«, sagt Piero. »Wie geht's ihm denn?«

»Nicht so gut, die Stationsschwester möchte, dass man seine Angehörigen verständigt.«

»Er hat keine«, sagt Piero. »Ich weiß es zufällig, weil ich seine Akte heute studiert habe.«

»Ja dann …« Die Sekretärin lässt in der Luft hängen, was es bedeutet. Dass keiner sich um Caselatti kümmern wird. In einem Gesundheitssystem, das ohne die Mithilfe von Verwandten und Freunden schlecht bis gar nicht funktioniert.

»Ich komme«, seufzt Piero. Und fragt sich, wie er Antonella erklären soll, warum er glaubt, sich um einen mehrfach vorbestraften Taschendieb auf dem Krankenbett kümmern zu müssen.

Es sind kaum zehn Minuten zu Fuß zum Campo San Giovanni e Paolo, wo der Haupteingang zum Krankenhaus ist. Die Pförtner hier kennen ihn alle, niemand erwartet eine Erklärung von ihm. Trotzdem bleibt Piero stehen. Schon von weitem ist ihm der Mann im schwarzen Priestergewand aufgefallen. Trotz der Hitze trägt er eine Baskenmütze. Und jetzt, während er an ihm vorübergehen will, hört er einen Namen, der ihn hellhörig macht. »Commissario Gorin hat mir ausgerichtet, dass Caterina Loredan meinen Besuch wünscht«, sagt der Mann.

»Oh – dann geht das in Ordnung. Erster Stock, Zimmer 124«, antwortet der Pförtner.

Piero folgt dem Mann im Priestergewand, ohne genau zu wissen, warum.

»Ich weiß inzwischen, dass es ein Selbstmordversuch war«, hat Roberto gesagt.

Warum auch immer – ein Suizidversuch ist für eine Katholikin Grund genug, beichten zu wollen, denkt Piero.

Aber der Loredan-Fall schien Roberto immer noch zu beschäftigen. Was beunruhigte ihn? Hatte er doch noch irgendeinen Verdacht? War er um die Sicherheit Caterina Loredans besorgt? Andererseits – er hätte bestimmt Personenschutz angefordert, wenn das Mädchen in Gefahr wäre. Solche Fehler macht Roberto nicht. Bestimmt nicht? Jeder macht Fehler. Vielleicht ist der Mann vor ihm ja gar kein Priester. Sich als Mann der Kirche zu verkleiden ist ganz zweckmäßig, wenn man ungehindert an ein Krankenhausbett gelangen möchte.

Ich mach mich bloß lächerlich, denkt Piero. Trotzdem wählt er Robertos Nummer, wird von jemandem angerempelt, vertippt sich, wählt neu. Das *telefonino* ist eingeschaltet, aber niemand meldet sich. Ungewöhnlich für Roberto.

Piero schaut auf. Der Schwarzgekleidete ist verschwunden. Nein – doch nicht. Da vorne im Gang zum *ambulatorio* flattert es schwarz. Piero beeilt sich. Holt auf. Vor ihm geht eine schlanke ältere Frau mit schwarzem Strohhut. Piero flucht möglichst dezent, dreht sich um, geht zurück zur Treppe, steigt hastig die Stufen hinauf.

Der Gang, der zur chirurgischen Abteilung führt. Niemand in Schwarz.

Eine Krankenschwester kommt Piero entgegen, sie schiebt einen Wagen mit Medikamenten, beachtet Piero nicht.

Und dann sieht Piero den Mann wieder. Mit der Hand an einer Klinke. Zu spät, denkt Piero. Wie lange braucht man, um eine untergewichtige, schwer verletzte Sechzehnjährige zu töten? »Stehen bleiben, Polizei!«, ruft er und sprintet los.

Der Mann dreht sich zu ihm, macht dann kehrt und läuft zum offenen Fenster am Ende des Korridors. Erstaunlich behände ist er auf dem Fensterbrett, zögert kurz – und springt.

Unten fließt der Rio dei Mendicanti.

Dann hört Piero diesen ersten Schrei, der schnell erstirbt. Und gleich darauf noch einen anderen, der nicht aufhören will.

41

Eine kleine *Carabinieri*-Station ist direkt im Krankenhaus untergebracht. Roberto wählt die Nummer. Auch hier geht niemand ans Telefon. Aber in der Questura hat Fantinelli Dienst und meldet sich sofort. Dann werden wir den Römer vor eine Herausforderung stellen, denkt Roberto. »Kannst du mich sofort an der Haltestellte Palanca abholen lassen?«, fragt er.

»Du hast Glück«, antwortet Fantinelli heiter. »Wir haben gerade ein Boot in der Nähe.«

Irgendwann finde ich heraus, wie der Römer das macht, denkt Roberto.

Eine Viertelstunde später biegt das Polizeiboot mit Roberto an Bord in den Rio dei Mendicanti. Zwei *carabinieri* versuchen wenig erfolgreich eine Gruppe von Schaulustigen zurückzudrängen.

»*That's better than reading Donna Leon*«, sagt ein Tourist, der schnell auch noch ein paar Aufnahmen vom Polizeiboot und von Roberto macht.

Roberto nimmt den Seiteneingang, hetzt die Stufen in den ersten Stock hinauf.

Piero kommt ihm entgegen.

»Caterina?«, fragt Roberto.

»Der geht's gut«, sagt Piero.

Die schwergewichtige Krankenschwester verlässt eben eines der Zimmer. Offenbar hat sie mit Caterina die Station gewechselt. Der Name Loredan macht's möglich. »Sie können zu ihr, wenn Sie wollen«, sagt die Schwester freundlich.

Roberto will.

»Was war denn da draußen los?«, fragt Caterina.

»Nichts Wichtiges«, sagt Roberto.

»Aber ich hab etwas Wichtiges zu sagen.«

In Caterinas Stimme schwingt etwas mit, das Roberto nicht einordnen kann. Noch mehr Enthüllungen? Dinge, die sie dem Tagebuch verschwiegen hat?

Roberto wartet.

»Ich kann die Zehen bewegen«, sagt Caterina.

Roberto verlässt Caterinas Zimmer mit einem Lächeln.

Piero wartet auf ihn. »Dieser Priester –« Kopfschütteln. »Der ist einfach gesprungen.«

»In den Kanal?«

»Ja«, nickt Piero. »Leider ist ein Taxiboot vorbeigekommen. Gegen die Einbahn. Damit hat er nicht gerechnet.«

»*Dio mio!*«, sagt Roberto.

»Du sagst es. Genau bei dem ist er jetzt«, sagt Piero. »Sofern ihr beide den gleichen Gott habt.«

»Da soll noch einmal jemand sagen, man kriegt nie ein Taxi in dieser Stadt«, murmelt Roberto.

»Was?«, fragt Piero.

»Nichts«, antwortet Roberto hastig. »Wie geht's dem Taxifahrer?«

»Der liegt in der Notaufnahme«, sagt Piero. »Schwerer Schock. War fast nicht zu beruhigen. Er hält das Ganze für eine Strafe Gottes, weil er zu schnell und gegen die Einbahn gefahren ist.«

»Wieso bist du überhaupt hier?«, fragt Roberto.

Piero erzählt.

»Der Schutzengel dieses Mädchens macht offenbar regelmäßig Überstunden«, sagt Roberto.

»Genau wie wir«, brummt Piero. »Denkst du, dieser Priester, oder was immer er war, wollte dem Mädchen etwas anhaben?«

»Ich weiß es nicht«, antwortet Roberto.

»Und wer der Tote ist«, sagt Piero. »Hast du dazu eine Vermutung?«

Roberto antwortet nicht.

»Vielleicht war er ja nur als Priester verkleidet«, überlegt Piero laut.

Wieder bleibt Roberto stumm.

»Was genau schreibe ich denn jetzt in meinen Bericht?«, fragt Piero missmutig. »Könntest du dich wenigstens dazu äußern?«

»Dass du einem Verdächtigen gefolgt bist, ihn zum Stehenbleiben aufgefordert hast, worauf der aus dem Fenster gesprungen ist«, antwortet Roberto nach einigem Nachdenken.

»Mir fällt da etwas auf«, sagt Piero. »Das ist jetzt schon der dritte freie Fall. Willst du mich nicht vielleicht über die Zusammenhänge aufklären?«

»Zufall«, sagt Roberto. »Schlicht Zufall.«

»Ich denke, du glaubst nicht an Zufälle?«

»Man lernt dazu«, antwortet Roberto.

»Schau mich an«, sagt Piero vorwurfsvoll. »So seh ich aus, wenn ich jemandem kein Wort glaube.«

Roberto ist froh, dass sich genau in diesem Augenblick Pieros *telefonino* meldet.

»*Pronto?*«, sagt Piero. Und dann: »*Sì. Va bene. Sì. Certo.*« Dann zu Roberto: »Das war diese Dottoressa Varese, die Giampiero vertritt. Sie möchte, dass wir einen Blick auf den Neuzugang werfen. Der Tote von vorhin. Er hatte keine Papiere bei sich.«

Die Frau ist sehr schlank, wirkt nicht viel älter als dreißig, hat die kastanienbraunen Haare straff aus dem Gesicht gekämmt und sieht eher wie eine Flugbegleiterin oder Chefsekretärin aus. Das elegante dunkelgrüne Leinenkleid passt exakt zur Farbe ihrer Augen und zu dem schmalen Jadereifen an ihrem Handgelenk. Roberto hätte nicht genau sagen können, wie er sich eine Gerichtsmedizinerin vorstellt, aber eins ist sicher: so nicht.

»Ich war gerade am Strand«, sagt sie, während sie den hellgrünen Mantel überzieht und ein Paar Latexhandschuhe aus einer Box holt.

Nur einer der beiden Edelstahltische ist belegt. Ein weißes Tuch verhüllt den Toten zur Gänze. Roberto entdeckt eine triefend nasse Baskenmütze auf einem dunklen Kleiderstapel. Er sieht die Szene wieder vor sich. Den kleinen Mann im hoch geknöpften schwarzen Mantel. Den gekränkten Blick, als Loredan zu ihm sagte: »Nicht jetzt, Marinelli!«

»Ihre Kollegen von der *Carabinieri*-Station meinten, Sie könnten vielleicht wissen, wer er ist«, sagt die Dottoressa.

Eigentlich will sich Roberto dagegen verwahren, dass die *carabinieri* als seine Kollegen bezeichnet werden. *Polizia* und *carabinieri* haben vor allem ihre Rivalität gemeinsam. Dann hält er aber die Richtigstellung angesichts der Umgebung doch für kleinlich. Er wird Marinelli identifizieren und die Tatsache, dass er ihn kennt, als rein zufällig bezeichnen.

Als die Pathologin das weiße Tuch zurückschlägt, ist er zunächst überrascht, wie sehr der Tod ein Gesicht verändert. Dann erst begreift er. Der Mann vor ihm hat die Augen geschlossen, die feuchten Haare glänzen schwarz. Die hohen Backenknochen in dem bleichen Gesicht treten stark hervor.

»Ja, ich denke, ich kann den Mann identifizieren«, erklärt er. »Er heißt Benedetto Loredan.«

42

Roberto steht in der Palanca-Bar und blättert durch den *Gazzettino*. Nach einigem Suchen wird er fündig. Es ist ein kurzer Artikel im Chronikteil.

Tragischer Unfall im Ospedale Civile

Ein folgenschweres Unglück ereignete sich gestern in den späten Nachmittagsstunden in der chirurgischen Abteilung des Ospedale Civile. Pater Benedetto Loredan, der zur Beichte gerufen worden war, erlitt einen Schwächeanfall und stürzte so unglücklich, dass er trotz sofortiger ärztlicher Hilfe noch an der Unfallstelle verstarb. Die Pfarre San Francesco della Vigna verliert mit ihm einen allseits beliebten Seelsorger, der unermüdlich zum Wohle seiner Gemeinde tätig war. Wie Silvio Marinelli, der Sekretär der Pfarre, mitteilt, wäre eine Berufung Benedetto Loredans zu Bischofswürden in nächster Zeit zu erwarten gewesen.

Roberto faltet die Zeitung zusammen und legt sie neben seine leere Kaffeetasse. So also sieht die offizielle Wahrheit aus. Die *Gazzettino*-Wahrheit. Aber viele Fragen bleiben auch für Roberto ohne Antwort. Was wollte Benedetto Loredan wirklich im Krankenhaus? Mit Caterina reden? Sie an die Familienehre der Loredans erinnern? Oder ein Kissen auf das Gesicht der Wehrlosen drücken? Vermutlich war er davon überzeugt, dass der einzige Beweis gegen ihn Caterinas Aussage war. Aber musste er nicht davon ausgehen, dass Robertos Verdacht sofort auf ihn fallen würde? War das der Grund für den pathetischen Anruf mit der dringenden Warnung vor Marinelli? Wollte er eine falsche Spur legen für den Fall, dass Mord sein letzter Ausweg war? Die Verkleidung mit Marinellis Baskenmütze spricht dafür. Und warum ist er gesprungen, als Piero ihn stellen wollte? Er hätte doch immer noch behaupten können, dass er nur seine Nichte besuchen wollte. Panik? Bei einem Mann, der so kaltblütig einen Mord plant und den Verdacht auf jemand anderen lenkt? Späte Reue? Hat er das Taxiboot gesehen? Sprang er im vollen Bewusstsein, dass es sein Tod sein würde?

Roberto schaut hinaus auf den Giudecca-Kanal. Eine Möwe im Gleitflug. Tanzende Lichtreflexe auf silbernen Wellen.

»*How lovely!*«, haucht eine Touristin neben ihm. Vermutlich hat sie keine Ahnung von der Belastung der Lagune durch Chemiegifte und Schwermetalle.

Beneidenswert eigentlich, denkt Roberto. Manchmal wäre ich auch lieber nur Tourist in dieser Stadt. Und erst recht im weiten Land der Seele.

»*Bella giornata – eh?*«, fragt Max, der hinter der Theke Gläser poliert.

Noch ein Glücklicher. Roberto nickt. »*Fammi un'altro macchiato*!«, sagt er.

Von Edith Schreiber-Wicke ebenfalls in der Reihe
Labyrinthe-Krimis erschienen:

Zu viele Zeugen

Schreiber-Wicke, Edith:
Freier Fall
ISBN 13: 978 3 522 17798 6
ISBN 10: 3 522 17798 3

Einbandgestaltung und -typografie:
Christine Kleicke und Hartwig Otto
Schrift: Stone serif und City
Satz: KCS GmbH, Buchholz/Hamburg
Reproduktion: immedia 23, Stuttgart
Druck und Bindung: Friedrich Pustet, Regensburg

5 4 3 2 1* 06 07 08 09

Thienemann im Internet: www.thienemann.de